S

Jahrbuch der Lyrik 2021

Herausgegeben von
Christoph Buchwald
und Carolin Callies

Schöffling & Co.

Redaktion: Jasmin Camenzind

Gefördert vom DEUTSCHEN LITERATURFONDS E. V.

Erste Auflage 2021

Satz: Fotosatz Amann, Memmingen
Druck & Bindung: Pustet, Regensburg
ISBN 978-89561-502-3

www.schoeffling.de

INHALT

Zur Erinnerung an

Ludwig Fels (1946–2021)
Barbara Köhler (1959–2021)
Christoph Meckel (1935–2020)
Peer Schröder (1956–2019)
Guntram Vesper (1941–2020)
Ror Wolf (1932–2020)

1. KAPITEL

über den seeboden gerollt & schweigen

RIKE SCHEFFLER

Becoming Water

Dass ich von Wasser sprechen kann,
Valenzen, Wünschen, nicht bloß feminin.

Dass es sich breitet nach allen Seiten,
mit leisem Zischen, springend in Dichte,

als Floß. Wie oft stand ich wortlos, wütend
durchlöchert von Klippen, kippenden Szenerien?

Unter mir ein dumpf-butternder Strom: Vater-und-Sohn.
Pfeifen in den Ohren, »los komm schon, spring!«

Ich also grimmig, mit blitzenden Fingern die Furchen,
Linien vorangetrieben, finsteren Blickes gerieben

die Innenseite meiner Hand.

Kein Tropfen soll entkommen, fallen in Einsamkeit
von der Kante eines Tisches, Unterarms.

Weich sein heißt nicht einknicken.
Freiwillig sich hingeben,

stärker als Stein.

Dass ich in Wasser schreiben kann,
wie nach dem Absprung in Wellen,

hell sich kräuselndem Schlamm,

ohne abzuwägen: viel oder wenig Rosette, warm
oder kalt geworden zu Treibgut, Pussy Juice

wabern an Küsten entlang.

Wind auf den Lippen, Meere aufsaugen
wie ihre Körper meinen Geruch.

Wie ich raubbaue, mich festbeiße,
aufschlage das Loch:

schwarz-schwarze Schrift trifft auf
Gischt auf milchige Haut.

Sprache, Sandburg von mir gebaut.

Dass ich Platz mache für Stimmen von Wasser,
Fluten an Unmut, Wasser zwischen Zähnen

ein Grinsen, Sirenen, pudrige Zehen. Wasser kennt
keine Grenze, Wasser, das trotzt, kocht und trocknet,

wachsend, eine Urmacht, die hört, wenn ich
im Bass mich erweiter. Wen schert Bestimmung,

Geschlechter von Walen, Tintenfischen und Seekühen
tanzen kraftvoll über Mündungen, eigennützige

Vulva, in sich alle Töne, Differenzen, Allianz.

ANJA KAMPMANN

deep blue

man nannte sie deep blue
vielleicht weil man noch glaubte
an den ozean und seine alte kraft
oder die strömung des pazifiks
wie sie weitergeht von land zu land
der große geist und die bewegung
eines hirns
deep blue vielleicht nicht gerad bewusstsein
doch etwas rechnete hier spielte
schach kasparov unser held
wie war dir wohl als du verlorst
beim sechsten spiel und gegen welche
kraft? teichpumpe
gegen ozean die geisteskraft
des menschen seele, ha
was denkst du welches blau
wir heute sehen?

ANJA KAMPMANN

brasse

am düker abseits des kanals
spannten sich die leinen. schlick und grundkraut
irgendwo im dunkeln die erwartung *leise bitte*
ohne klang nur das sirren einer spule
feuerzeuge das zischen von glut im feuchten gras
eine brasse heimtragen. schwimmblasen betrachten
das wunder hier oben, jetzt da zu sein wie
holt man luft dort am grund
den wir nie sahen
das schrappen der klinge über dem waschbecken
hörte nicht auf. und am morgen noch silbrig
die fischschuppen: zu viele teile für ein
und dasselbe rätsel.

SASCHA KOKOT

die Fische sind bei uns angekommen
gestern fielen mir zunächst die Forellen auf
kaum aus der Hintertür des Kinos getreten
stand ich direkt vor ihrem Lokal
im Schein ihrer blassen Leiber
wie sie hinterm Tresen ihr Bier zapften
auf den Bänken über Bärte stritten
im Hinterzimmer gekonnt Pingpong spielten
und all das so selbstverständlich
als wären sie schon immer hier gewesen
und so stellte ich mich einfach dazu
trank unauffällig ihr Helles und versuchte
den Geschmack des Planktons zu ignorieren
ab und zu fiel mir noch das Atmen schwer
doch die Karauschen meinten
daran gewöhnt sich ein jeder sehr schnell
und sie hatten recht nie war der Laden leer
und bis zum Morgen traf ich dort mein ganzes Viertel
irgendwann brachte ich den trunkenen Paketboten heim
und fütterte meinen Kater Vonnegut mit dem Versprechen
ihn morgen dahin auszuführen

KARIN FELLNER

Übergang

Es dünkte uns, etwas von hüben, von drüben höbe das Meer
auf, dass es uns blühte, uns schleifte ins Ungeprüfte,
so schiens.
Und wurdet ihr folglich ans Ufer gebüschelt?
Ja, es lüftete uns gewaltig. Skelette grüßten uns, so
eines farbigen Fleischs wurden wir.
Habt ihr euch da nicht befürchtet?
Nö, die Influencer meinten, es hülfe,
wenn wir in Rudeln stürben.
*
Sachte, sagte sie, kam ich
ins Wanken, das Wanken war
sich gewachsen, es wechselt mich aus,
in diagonalen Flächen begann ich
mein Ich auszuziehen, die lustige Hülle
und wurde aufgefächert,
ausgezogen zu Hallen,
wogegen nichts zu sagen wäre, denn
Wellen sind nahe Verwandte
des Sprechens, sie brachten mich auf,
kaperten Hals und Ganglien,
ohne Verärgerung brach
schließlich alles auf zum
Fest des Fluiden.

RAOUL EISELE

DU HAST DICH IM WIND VERFANGEN, FELICE, hast deinen Atem
in meine Hand gespannt, dein Atmen verlangsamt, leiser
in den Dachboden geschlichtet und gestammelt, gehimmelt ins
weltweite hinein und da war ein Duft, ein anderer, ein wie Meer
und Marseille, ein salzig süßer und draußen tropft, klatscht es auf
Dächer, blechern und wieder verstummt, dieses Aufklatschen der Tropfen
und es drängt immer näher, drängt die Natur, pflanzlich
dieses kleine Eckchen Botanik an die Häuserwand und wächst und wuchert
abermals und abermals verwachsen, wenn die Käuzchenstimme
die Nachtschwalbenstimme ruft wie Gehölz, wie voller grüner Schatten
in die Abenddämmerung hinein und du atmest
atmest im Schatten des Schilfes mit den Zehen im Wasser
den Zehen ragend in kühlende Nässe, Felice, dein Boot und du, dein
Boot von Wellen getragen, dein Boot wie Ballast auf den Schultern
der Meere und sag mir, was denkst du, wenn die Sterne erlöschen, wenn
selbst die See ruht und alles um uns herum stiller ist als die Nacht, als die
schwarzen Löcher über, in uns drinnen und alles verschluckt

JOHANNES KÜHN

Schafgarbe

Schaumkronen sind die Blumen überm See
der Wiese.
Es geht mit mir bis in den Schlaf,
und wie die Schafe weiden,
erfahre ich so zweimal.

Weiß,
weiß wie Kreide,
weiß wie die Winter
flimmert mächtig euer Licht,
wie Gewölk kommt, weiß.
Ich kann auch euren Schmuck gebrauchen
als Schmuck auf meinem Tisch,
und herb ist der Geruch,
den ich nicht missen mag.

Deine Stiele sind stark,
sie tragen eine große Blüte.
Besser als ich singen die Vögel von dir.

ERNEST WICHNER

Satt war dein Kopf der See, der Winde und des
Sehnens, der Innenbilder, auch der Scham, die uns
begleitet hatten über Wochen. Jetzt schauten wir
den Vögeln zu, einmal dem Wanderfalken, wie er sich
niederstürzte hinter den Klippen, und deine wetter-
klammen Lippen rissen auf in einem Schrei.

Ich stand dabei wie stets in diesen hellen Tagen, berührte
verlegen, als wäre ich als Räuber auf den Kieselstrand
hinabgeschossen, mit meinem Daumen deine
linke Hand und spürte, wusste plötzlich dass
und wie verloren wir uns mittlerweile waren.

ANDREAS UNTERWEGER

Die Rummelsburger See

Der zeichnet nicht, der schwimmt übers Papier

1.
Unter den sieben Weltmeeren ist sie dasjenige, über das niemand,
nicht einmal Else Lasker-Schüler, je einen Shanty verfasst hat.

Und das, wo doch die Rummelsburger See – heute Morgen z. B.,
mit all dem Gelb der immer noch viel zu weißen Frühlingssonne

auf dem vom Wind zerzausten Wasser! – eine *Goldrüstung* trägt,
die jedem maritimen Prinzen der Vergangenheit (dem Danubius

etwa, Held zu Mautern und Stein) zur Ehre gereicht hätte. Von
dem unterm Glitzerschuppenpanzer versteckten Blau, das um

nichts weniger blau ist als die letzte Ebereschenbeere bei Else
Lasker-Schüler rot (*eine Koralle am Ast*!) einmal ganz abgesehen.

2.
Das Röteste, Blaueste, Goldenste und darum auch Gelbste an der
Rummelsburger See ist aber leider nicht die KITA *Hoppetosse.*

Auch nicht die *Röhrichtbestände* oder die *Liebesinsel* (für Biber),
weder die *Henny* aus Holland noch die Plastiktonnen und Bretter,

die, von ein paar Planen und Leitern zusammengehalten, ein am
Kai vertäutes Hausboot bilden. Nein. Das Blaueste, Röteste usw.

hier sind: jene Tafeln, die auf die »Knabenhäuser«, »Arbeits-,
Bewahrungshäuser« und die »Strafvollzugsanstalt« verweisen –

darauf, dass es all das hier nicht mehr gibt. Das Gold so einer braunen Tafel ist gelber als das Rot einer *Koralle am Ast* blau.

3.
Und zum Glück ist auch das *kleine Zelt des Friedens*, vier Stock über dem Meeresspiegel, keineswegs der *entgaste weiße Mond*.

Nein, vielmehr handelt es sich dabei um die Terrasse, auf der ich heute Morgen, früh wach, über die Rummelsburger See segle. *Wir*

müssen, jeder auf seinem Posten, etwas ganz Ungeheures leisten, sonst hat die Sache keinen Sinn. Ich richte diesen Aufruf an die

Mannschaft, sprich: mein Telefon (das die Fotos macht), meinen roten Notizblock, meinen wie immer gelben Stift, der schwarz das

blaukarierte Weiß des Papiers beschreibt. *Bist du die Sonne? So erleuchte meinen Glauben an diese Welt, in der ich leben muss.*

YEVGENIY BREYGER

Im Auge des Sturms

Über allen Wegen mich zu fragen, ob die Erde weich ist
zu versinken. Farben helfen den Gebärden in ein sanftes,
kleines Areal der Freude. Niemals warten auf die trübe
Zukunft, niemals scheitern im Gelingen, weil es wahr ist,

dass die Menschen Lieder über ihre Schwächen mögen.
Oder warten auf ein neues Singen. Arbeit wünschen.
Mein Verhältnis zu Maschinen. Ohne Angst die Hände
waschen. Schaukeln. Auf begehrte Schultern Mäntel

legen, so als wäre dieser Welt mit Wärme beizukommen.
Vor dem Haus den Garten pflegen, heimlich Pfauen
züchten zwischen abgedunkelten Volieren. Aus der Armut
mich zu retten in die Gletscherspalten von Gebirgen.

Wo spricht Wasser über Herkunft? Wäscht es Salze
aus den Linien? Oder Leiden als Erkenntnis und darin
den Atem zählen. Dünne Katzen zu begraben, statt sie
menschlich zu beweinen – Das ist Größe? Das ist

ein Versuch zu klären. Dringend leuchten. Manchmal?
Immer. Stufen einer Leiter überspringen, trotzig
mich im Schweben querzustellen, wie die Schiffe,
die im Hafen ihr Gehäuse selbst zum Rosten bringen.

Zwei Gedanken – Sind Metalle bloß Zitate von Fabriken?
Wie ist Fülle zu verstehen, wenn die eingesperrten Tiere
sich bei kleinsten Beben an die Gitter der Gehege krallen
ohne Hoffnung? Trinke Wasser, schlucke Wellen,

esse Gräber, nähre Wiesen. Sieben Edelsteine wollen
ihre Erstbesitzer wechseln. Sieben Erze warten
ungeduldig auf Motoren. Meine Augen – Kippfiguren,
Kreise, die mich stets zu Boden drücken, spitzes

Werkzeug eines Dummen. Nächtelang im Bett gelegen,
wach in Träumen eingeschlafen. In ein Zimmer voller
Pflanzen stumm ein Klagelied gesprochen. Dieses feine,
schrille Kreischen von Grafit auf einer Tafel, diese Demut

von Versehrten, wenn sie ihre Wunden zeigen. Einsam
leben. Jeden Sonntag mit ein wenig Pelz den Horizont
erweitern. Schauen. Ungetrübt im Spiegel den Moment
erkennen, der aufträgt, klar und eigen, mich zu verneigen.

RUTA DREYER

gezeiten

und ich bete dafür, dass du
sammelst, dass du folgendes
sammelst: handschuhabdrücke auf
feuchten gesichtern, die ecken von
französischen büchern, abgenagte
leinwandstaffeleien, leucht-
reklamen zwischen deinen schenkeln

ich bete dafür dass du sammelst und
dir auffällt, dass du strandest und
ich bete dafür, dass du anfängst,
ebbe und flut zu unterscheiden

JULIA TROMPETER

DieS Geringelte

Kringelig geSchwungen,
dieS Geringelte.
Schlingelig umSchlungen,
umSchmiegt &
eingewiegt – ein Kringeln
hier & dort ein Sinken
der MuSen:
die KabbelSee & Bojen bunt
& Möwen weiß & dieS Geringelte.
Ja, nichtS GeringereS
alS dieS & daS;
gekringelte Lungen
Summen verSunken,
die singen davon,
waS gelungen iSt.

CHRISTIAN T. KLEIN

Erwägungen

für Georg Aescht

Das Unwägbare ist nicht
gewichtslos, eher
andersrum.
Selbst die Seele wiegt
überschlagene 21 Gramm,
und jeder Gedanke
hat das Gewicht eines Tropfens
auf den heißen Stein

Dies könnte ein Grund sein,
weshalb Augenblicke meistens
verdunsten, bevor
sie uns etwas vom Wasser
erzählen können.
Sich verflüchtigen
beim Zusammenstoß
mit dem Vergangenen.
Oder weshalb
einige von uns freiwillig
über glühende Kohlen laufen

Gleichwohl ergibt das
nahtlose Nacheinander von
Augenaufschlägen
meist eine plausible Geschichte,
eingewebt ins feinmaschige
Netz, das uns trägt und
gleichzeitig fesselt, uns
anbindet an den Anfang,
ans Ende,
ans Ja und ans Nein
und an all die anderen
vibrierenden Intervalle

FEDERICO FEDERICI

Sterne sind nicht n. 5

In einer verschneiten Januarnacht, 1910,
eine nie unerwartete Nachricht über Funk:
»Knochen lenken das Licht von Sternen ab.«
Das heißt: Die Welt war noch nie ein so reines
Abbild des Lichtes aus dem Licht,
und die Weißen Zwerge
und die massereichen Galaxien
spannen Lichtfäden von fern.
Von da an krümmen
auch die Landmassen
die Meere,
jeder am Rand
seiner Gedanken.

AXEL GÖRLACH

es war vor dem *zu grunde* reden von allem
schwebte etwas wurde von strömung bewegt
über den seeboden gerollt & schweigen
legte sich in konzentrischen schalen um jeden
kern von bedeutung den wir bis heute spalten

2. KAPITEL

die astern der wiese wölben sich vor wie kuhaugen

KORNELIA KOEPSELL

Ich möchte im Pflanzenreich wohnen

In einer mythischen Blume möchte ich wohnen, die Blätter
  schön wie ein Baldachin. Plötzlich wär mir die Zeit
nichts als ein ununterschiedenes Sitzen und Schauen, der Sommer
  kennt ja das Sterben nicht. Und durch die Blütenhaut
schimmerte mattgelb die Sonne herein, ich wachte wohl tausend
  Nächte und fühlte kein Leid. Manchmal, den klebrigen Pelz
putzend, säßen Bienen an meiner Seite. Die Sehnsucht
  wäre ein Paradies. Niemals mehr, schwöre ich mir,
kehre ich in das kleine Stübchen zurück, wo sie hausen,
  Kreuz über ihrem Bett, Heiligenbild auf der Brust,
Bilder Gottvaters am dunklen Wandschrank. Und Haufen aus Asche,
  trittfest an ihrem Schuh, all der Verstorbenen. Sechs
Fuß im Acker, das Liebste. Ich möchte im Pflanzenreich wohnen.

CLAUDIA GABLER

Unsere Orientierung war gut, als wir in die Wälder
gingen mit den Waffen von Rangern. Als Azubis waren
wir viele Jahrhunderte unter der Sonne gestanden
*

und hatten Windrichtungen kontrolliert. Jetzt aber
zogen wir Mücken von ihren Posten und suchten mit
schweren Köpfen in den Gebirgsbächen nach Gold.
*

Wo also sollte das Wünschen beginnen? Wann würden
wir uns endlich einmal trauen, Glück zu sagen? Und
Glück zu meinen? Wir träumten von Lungenzetteln

und Baumharz, von Buchsbeuteln und Schneefliegen.
Und von Windbeuteln träumten wir, wenn wir mit
Sektgläsern auf dem Moosboden lagen. Wir ergossen
*

uns in militärisches Schwitzen und bezeugten so
unsere Lässigkeit, die jedem Rausch wohl voranging.
In der Exploration nun liegen weitere Anfälle,
*

die sofortige Inhalation von Sauerstoff kann dann
Linderung schaffen. Auch in der Kontemplation läge
Kraft, man müsse nur schauen, mit welcher Wucht
*

die Sonne die Gletscher bricht. Sagen Touristikzentren.
Und sagen noch mehr von den Krankheiten der Welt,
die die Ranger jetzt heilen sollen mit ihren Fichten.

CLAUDIA GABLER

Zukunft ist Mangelware, wenn wir die Wälder
verlassen. Zecken kesseln sich ein, verkleben
*

die Zellen. Sie produzieren Harz, schützen ihre
Empfindung, während wir Epilepsien entwickeln.
*

Heiliges Herumstreunen auf der Suche nach Gras.
Überall Overalls. Maßlose Ohnmachten. Von
*

Beeren aus China: Bärengetue. Sehnsuchtstannen
und Dschungelkomplexe. Blusen aus Erdwärme.
*

Generelle Neubauern und ihre Suche nach Bräuten.
Wir sagten Ja. Buchten Ventilatoren dazu. Venylien.
*

Ein Vaterersatz. Was sonst? Was, wenn wir
Verwandte wären? Was, wenn wir wüssten von den
*

Genen in unseren Brüsten? Nichts gegen die Wälder,
doch auf ihre Kühle ist jetzt nicht mehr Verlass.

ANDREAS ALTMANN

auf der lauer

in pfützen zeigen sich schattenbäume, deren blätter
in den augen schwimmen. der himmel zieht
die grauen tücher. am waldrand liegen dunkle tiere
auf der lauer. ihr fell hat sich verwandelt, der farbe
angepasst, die in die wortspur läuft. soldaten reiten
in der ferne. sie ahnen nicht, wohin. die alten kinder
winken mit den ausgedienten fahnen. körper sind so
hüllenlos und wiegen schwer in ihren rufen, nach
dingen, wie sie niemals waren. es sind gesichter,
die den masken abgefallen sind. im schnee wird
das vergossne blut erscheinen. tränen sind so kalt,
dass sie im gegenlicht vereisen. und nicht mehr
sichtbar ist, was wahrheiten erzählen. wo einst
die mauer stand, liegt jetzt ein wolf in gotteshand.

KENAH CUSANIT

Mohn

Man blickt aufs Feld und liegt gedanklich brach. Darf
man Farbe odoriert nennen, wenn sie keinen Geruch hat.
Odours have never passed away. Ungenutztes nicht unnütz
ungenutzt lassen, so hat es der Bauer in göttlicher
Umkehrung auch mit seinem Verstand gemacht. Den
hat er von seiner Mutter geerbt. Ich weiß es, ich kenne
den Rest der Verwandtschaft. Ich laufe der Phänologie
des Ackerbaus nach. *I am the daughter of Earth and Water.*
Ich verspäte mich, es wird ein Desaster.

es gibt hier ANGSTGÄRTEN, vor und hinter den häusern,
auslegeware in gut geführten amtsstuben, vegetationsdecken,
spanntepiche von wand zu wand, die nutzschicht
darf nicht betreten werden, sie ist nur zur zierde, lebensbaum,
buxus, aktenschränke, hängeregister, grüntöne, fast alle
der natur entnommen, in den behörden herrscht ein streng
hierarchischer farbcode: grün ist stets dem minister vorbehalten,
rot den staatssekretären. nach feierabend oder vor dienstbeginn
wird der rasen gründlich gesaugt, abgestaubt

JAN WAGNER

karotten

»Auf der Wörterbuchsitzung vom 31. Mai habe ich die Abfolge der Wörter bei dem Wort Vie (Leben) angehalten – das ganz lächerlich definiert worden war: Zustand der organisierten Wesen, solange sie fühlen und sich bewegen – Ich habe gefragt: Und was ist mit den Karotten?«
Paul Valéry, *Cahiers*

bewegen sich immerzu fort von der sonne,
dem erdmittelpunkt entgegen,
nur langsam, sehr beharrlich, sonden
aufs schwarz zu, unterirdische raketen,

karotten: wie von einem corbusier
entworfen, ohne grobheit, niemals plump
und prahlerisch wie all die kürbisse,
die jedes feld beherrschen, jeden grund

in einer kürbiswelt. zu recht verehrt
von regenwurm und wühlmaus, eine faser
aus wärme, wenn es regnet, wenn es friert,
noch tief im innersten, ein schlückchen wasser

alles, was nötig ist, anachoreten
in ihren löchern, unverändert
von anfang an: karotten,
die, streicht ein dunkel über grenzen, über länder

hinweg, im boden zwischen libanon
und costa rica leuchten, lehmlaternen.
ein eintrag nur in ihren büchern: leben.
hoch über ihnen, fast verblasst, die sterne.

LARS REYER

Atem

Sprich den Apfelbaum an als ein Ding
mit vertikaler Ausdehnung. Sprich in
seine Krone hinein, leg deinen Atem
an Rinde, an Stamm & warte

auf Rückkehr der Knopsen & Blüten
& Früchte. Leg deinen Atem ins Gras
zu Füßen des Baumes & sprich ihn an
als ein Ding, das sterben wird,

wenn du schon längst tot bist. An den
Enden der Wurzel warte & nimm
Glycerin, dann sprich deine Gebete
langsam & wie mit dem Spaten

in den blinkenden Sprachassistenten.

KENAH CUSANIT

Birnen

Man könnte auch ins Havelland ausrufen: Ribbeck,
wir wollen einen Birnbaum aus dem Grab des Hundes
wachsen lassen, aber wir haben keinen Kern, weil die
Birnen noch nicht reif sind. Man könnte auch, um
den Aufwand zu begrenzen, einen Bleistift durch einen
Bilderrahmen fallen lassen *and all the leaves, brown, yellow,*
and grey, and red, and white with the whiteness of what is dead,
like troops of ghosts on the dry wind past, der Stift könnte
auch ein Docht sein, die Birnen Furien.

CHRISTOPH WENZEL

IN DEN SEELENLANDSCHAFTEN stehen natürlich
auch windkraftanlagen, ganzjährige saisonkräfte,
die über kopf arbeiten, lesen. das klima hier
ist nüchtern, die erregungslinien am horizont
sind flach, im herbst allerdings hat man hier oft
und leicht einen sitzen: das vergorene fallobst,
pflaumen, äpfel, schnaps in der luft, spazierengehen
wie frühschoppen, atmen, inhalieren, sauerstoff.
das landschaftsbild verschwimmt, der autohof
ist nah, er kann nicht schlafen, der laufende motor:
die tonspur hinter den seelenlandschaften.

BIRGIT KREIPE

evolution der kohlweißlinge

mit Francesca Woodman (house series)

1
die kohlweißlinge liegen am boden, innen
erster vorschein von denken, ahnung
vom doppelcharakter der hitze, ihren
spiegelungen. wolkenband schneller flügel

verwandelt in spuren, frühe gedanken.
traumsturm, die wundermaschine des flugs
stottert, verliert an kraft, sie stürzen ab
bröckelig-feucht, von mondflüssigkeit oder tau

kohlweißlinge, putzstücke aus einer wand, die
verwehungen bilden, haufen zusammengekehrten
lichts (oder papiers, durchsichtig) –

augen, schüsselchen, hochentwickelte zellen
überfordert mit einer noch unspezifischen
form – zucken auf breiter fläche, oder

flügel eines unvorsichtigen engels
dessen posaune rostet in der erde des craniums
der aufsteht um mitternacht, wehe
mit seinem wurmstichigen fledermausgesicht

2
flüchtige bewegung – oder laub?
oder nur spiel von schatten und licht
(kohlköpfe, schlammige monde
hinter jedem eine winzige nacht).

dieser sah aus wie ein antikes gewand!
oder, er flog wie ein frühes modell von wright –
knarzte beinah – du versuchst, sie einzufangen
ihr wirbeln, in langer belichtung

das feld, früher flugschule, ist jetzt todeszone
die falter stranden, sind übersteuert, kämpfen, so scheint es
mit der flüchtigkeit ihre eigenen bilds

schuppen rieseln, sinnlose bruchstücke
eines weißen alphabets, oder halde
von albträumen

keine derwische mehr, die um kohlköpfe tanzen
kein fliegendes kirchenfenster, nur skizzen
leicht in die luft geworfen – die astern der wiese
wölben sich vor wie kuhaugen

3
der eine kohlweißling, der es schafft
über das feld, wird meister der blumen, höre ich
idol, gottesfalter und großer clown
filtert mit seinen flügeln das licht

taumelt (wie in der aufführung eines uralten stücks)
hält die absprachen ein zwischen licht und staub
und zu allen astern gleichermaßen
distanz. die flügel fest, wie hostien, kaum wahrnehmbar

und vollkommen, stirbt er nach drei tagen
weise und weiß, weiß und weise
auf einer transformierten wiese

in die der verlust eingeschrieben ist
als ständige bläuung, sekunden
körperloser, unsichtbarer bewegung

deren vorschein er ebenso in sich trägt wie ich
auf wiedersehen, großer kohlweißling.

heim(s)tücke

wau wei? marienkäfer – lady's bug. jedes wort
will viel wört in sich zufälle … wauwei
auf ketchua liebling mädchen genannt.
ding, singst, bim. sprechen nicht so … a/ü
berlastung aller reale, gehirn getielt(getrielt) in zwei
cruises überkruzzt. welche hand sollst reden? wie.
why? zähne erst mal
                                        wächst lässt lachst. das brabbeln
das den schimpansen fehlt dazu keinwolfsforscher
gebraucht weh wau wie – hi bro murmelt kadenz
sadness sand … streckst hand lässt nieseln den peace
pace maker: shift! hing also schwingt körperlich
zusammen bowing growing: das mamsi sing thing?
sink die dinge für dich. es gibt sie nicht (eicht echt)
nur irr. das ist der chase hase my case: qowi alayri
der wind blies ihnen sanft (sand) heimtücke
heimstücke ins gesicht: frag fragg…zemente
genannt *my mind*: silbern das blatt
                                                                        1 mütze 1 brille 1 hirn

SÜNJE LEWEJOHANN

ein vogelschwarm, ein leuchtender himmel.

ich weiß, wir werden nicht die selben sein.
wir haben ja doch nur die flügelbreite einer mücke.
in der sonne zittern deine lider. trüb ist das wasser,
rastlos und schwach, aber verbrennen tust du mich.
dein mund, der spricht. aber ich höre nichts.
wann ist der moment, da alles stillsteht?
du wirst nicht wieder kommen.
du trägst den winter in dir.
du sinkst auf den grund des meeres.
ich bin ein insekt. mein oberkörper, nackt. ich treibe
nur durch die nacht. wenn ich dich berühre,
berühre ich die haut eines anderen.
und du träumst von meinem nabel, so frierend.
der atem deiner lippen,
die sich zu wilden tieren wandeln.
und beißen. ich sammle schäden.
mein körper öffnet sich. ich weiß jetzt:
ein stechender schmerz ist endlich.
man brennt eine wunde aus.
die flügel eines engels sind wie mein herz
wenn du deinen atem anhältst. wenn die sekunden sich dehnen.
wenn ich mich aus mir selbst beschleunige.
ein leuchtender himmel. ein vogelschwarm.

ULRIKE ALMUT SANDIG

Murmurations. Kleines Chorstück mit Flügelklammern

h h
h h
hör
hör r r r r
hör r r r r zu
zu u u u u
zu u u u u was
was s s s s
was s s s s murmeln die
murmeln die ie ie ie ie
murmeln die ie ie ie ie Stare
hör zu, was murmeln die Stare über den Feldern
mit aufgespannten Federn schreiben sie sich
ins offene Jahrbuch des Frühlings hinein
schau, wie sie (nicht) formulieren: (nicht) ich
bin (nicht) du bist wir alle sind
((((niemals niemals nie nie
ma ma mals))))
allein a all
alle alle
in in
n n

CARMEN JAUD

delikat essen

engel wären auch nur jagdbares federvieh am himmel
sagt das wort so weit käme es noch. den fang gleich
am herd in den kochtopf ein erlaubtes fastengericht.
tauben schont ja auch keiner. niemand sagt das wort
weiß wie engel singen doch es ist bekannt daß sie
in scharen auftreten wenn sie es tun. aus den schönen
singvögeln eine taschenbouillon mehr wäre aus dem
luftigen nichts kaum zu gewinnen. federn rupfen haut
sengen flügel stutzen füße über kreuz in einer halben
stunde gar. adrette scheibchen auf einer nadelspitze
zu speisen. grillroste stehen weltweit hinter den
lippenbekenntnissen. der gesang ist nicht zum verzehr
geeignet. gegessen wird immer nur der leib.

URSULA KRECHEL

Man lernt nie aus und ein

Genealogien kommen ins Stolpern
so dass etwas aufschießt, sich ergießt
klingt wie sprudelnde Zukunftsmusik
längst bis ins historische Morgengrauen
Lautsprecher aus, Akku schwach und aus
dem Handgelenk geschüttelte Botschaft

ich war die Tante meiner Mutter und
fütterte die Hühner, fraß aus der Hand
die mich fütterte mit was und ich biss
die Zähne zusammen, lernte, büffelte
das Gedächtnis wie ein Sieb, triebhaftes
Fuchteln mit Wörtern, Grammatikfallen

jetzt wäre ich die Schwägerin meiner Großtante
fütterte die Tauben, Brotkrumen vom Tisch
durchgesiebt, was einmal geliebt, so dass
auseinanderdriftende, ja, gespreizte Beine
handwarmes Wasser flösse, fließendes
Wasser im wiesengeblümten Gästezimmer

störend der Rasenmäher, Blechposaunen
Ohren zu aus Furcht vor der Auferstehung
später atmeten die Toten tief, röchelten
da wurden die Urnen beizeiten geleert
nur Prothesen, Produkte des Laborbedarfs
in haltloser Ordnung, Eckzähne blieben

tröstlich: den Hühnern bringe, brachte ich
Wasser wie Generationen werde ich bringen
Zeitenfolgen, der Hahn kräht wieder nach
der Urgroßmutter meiner jungen Tante
was war schlabbernd im Schüsselchen
tiefschürfend oder nachlässig vergossen

MONIKA RINCK

Das Entenorakel

Die Ente fährt den Gabelstapler in den geheimen Garten
Liebestolle Schnallen treiben in Booten an Rippenbögen entlang.
Jetzt bitte nicht husten. Verstecken Sie sich bei den Spaten.
Da, hinter dem Häuschen, in dessen Rücken der Kran aufragt.
Stadtumbau! Wir müssen die Leute schließlich unterbringen.
Die Ente rangiert den Stapler. Sie kann rückwärts fahren.
An Donnerstagen kann man das Entenorakel alles fragen.
Alles. Auch Todesdaten. Triagefragen. Germanische Sagen.
Kwaack, Krawtz, Kwak. Es gibt nichts, das Enten nicht verraten.
Allerdings verraten Enten all das in ihrer endogenen Entensprache.
Etwas anderes war in diesem Garten nun auch nicht zu erwarten.

MONIKA RINCK

Los los los

Ente sprach: Bring mir den Mops, ich will ihn haben. Bah!
Die Sonne liegt auf ihrem Rücken, bruzzelt, ein Kind
kommt ihr zu nahe. Und wieder Tränen. Alles öffnet
die Nase und läuft. Nehmt den Mops jetzt wieder mit.
Ah, da ist der Bürgermeister, die Ente will ihn überfliegen.
Dem zuckt ein Frauenhockeyschläger in den Händen.
Du musst nachhaus, wispern seine Stadt-Aspiranten.
Im Treppenhaus – der Hinterhalt! Er referierte eben noch,
was diese Gattung seit Anbeginn mit ihren Händen macht,
da kommt aus dem vierten Stock hinab: Die Entenmacht!
O my Duck! Mit Ritterasseln, gegürtet zur Unsterblichkeit.
Die ewige Ente! Im Schutz der Nacht, übernimmt ein Entenvolk
von seinem Moabiter Hauptquartier aus die Wasserwacht!
Los, das Paddel! Wir wollen keinen Schwan im Bild, Kawatz.
Wenn Enten befehlen: Den Mops jetzt wieder holen gehen,
sieht man allüberall aus den Fenstern weiße Fahnen wehen.

MICHAEL KRÜGER

Eine neue Terrasse, hell, dass der Schneck weiss,
wohin er sich wenden soll bei zunehmender Wärme.
Ich habe keine Ahnung, zu welcher Art sie gehören,
wahrscheinlich Kielschnegel oder Tigerschnegel,
es gibt Hunderte von verschiedenen Populationen,
die ihr Gehäuse in den Weichkörper hinein verlegt haben.
Warum verzichtet man freiwillig auf sein Haus, warum
will man sein Grab nicht auf dem Rücken tragen?
Von einem Tag auf den andern finden sich diese Tiere
auf unserer Terrasse ein, in einer Art Massentourismus
kriechen sie von Nord – Ost nach Süd – West,
vom Gang der Gestirne gelenkt und vom Wasser.
Keiner will sie, keiner mag sie anfassen, sie hinterlassen
ein Nichts, wenn sich der schleimig-glitschige Körper
in eine Fuge zwischen zwei Kacheln gezwängt hat,
mit blossem Auge nicht zu erkennen. Sie gehören dazu,
selbst dieser Schneck- ohne – Haus ist unser Bruder,
auch wenn er keinen Fuss auf den Boden bekommt.
Mein Herz hofft auf Besserung, und die eingelagerten
Schmerzen der Gürtelrose, die wunden Nerven
in den Fugen der Haut, sollen für immer verschwinden
wie der Borkenkäfer, mit dem ein Gespräch sinnlos ist.
Wie lange dauert Ungeduld? Was er zurücklässt,
der Schnegel, ist eine Art Autografie seines Körpers,
direkt neben meinem Schuh, als soll das etwas besagen.
Ich habe zu lange gelesen in den dürren Zipfeleien
eines Philologen, einem Geizkragen der Phantasie,
der mir die Welt erklären will als unermüdliche Arbeit
am Ganzen. Aber ich übe mich in Weltanschauung
und langem Ausatmen, noch einmal, noch einmal,
noch einmal
und immer so weiter
und fort.

LARA RÜTER

weißes mammut

du willst humbug, hier, greif unters fell
im holozän gesplitterter elefanten. steig
ins feuchte fleisch, schneid's auf. verzahnung
am rand. greif in schädelleere, ruf *nichts da*!

wie enthalmtes gras bröseln zähne heraus.
sommerhand. ein ratschen der elfenbeinsense löst
flauschige rückenhaut. nimm mammut, um
dich zu manteln, nimm eiszeitschnittmuster

ein hochzeitskleid. muffig. jetzt reis in die vergangenheit
land voll knochensplitter. die fährten legst du, zitternde
elefantenbraut. fühlst weiches davor, vom nachwuchs
erfunden, doch dein dress riecht penetrant nach miss dior.

3. KAPITEL

Da waren die Kammern der Seelen leer

JAN WAGNER

die besuche

wie oft die toten im traum nach uns sehen,
so daß wir am morgen mit schweren lidern
und schwach entfacht in der herbstkälte stehen
wie antiquierte gaslaternen.

und was man nicht macht mit ihnen – lauscht streichquartetten,
ißt erdbeertorte mit butterstreuseln,
betrachtet gemeinsam die bronzeplaketten
an ihren alten häusern,

bis sie vorwurfsvoll den hirschkäfer kontrollieren,
den sie als uhr am handgelenk tragen
(von irgendwo ein kuckuck oder specht),

und alles verschwindet, durch schlote, durch türen,
sie wo auch immer, wir in all den tagen,
die uns noch bleiben. wir machen es ihnen nie recht.

DAVID KRAUSE

Nullpunktenergie

Die Physiker sagen, das Nichts sei
nicht leer. Es sei voller Fluktuationen,
Teilchengeburten, sofortiger Zerfall.
Sie sagen, im Nichts sei eine Energie,
die das Weltall wachsen ließe und
keinen Einfluss auf uns hätte.
Und doch entsteht immer wieder
dieser alte Traum in mir, und ich gehe
in deinem Wohnhaus die Treppen hinauf
zu der Wohnung, in der du lebtest.
Wie in jedem Geisterfilm flackern die Lampen,
grollt Donner von einem Gewitter und
die Tür öffnet sich knarrend von selbst.
Alle Geräte sind eingeschaltet:
Popcorn verbrennt in der Pfanne,
aus dem Radio dröhnt verzerrter Sadcore,
im Fernsehen läuft stumm der Kinderkanal
mit Casimir, dem freundlichen Gespenst.
Erst im Spiegel sehe ich dich
hinter mir, ein müder Jumpscare,
eine Kastenteufelin mit blasser Haut.
Du fragst: *Wie spät ist es?*
Drei Jahre später sage ich,
und du nickst und gehst zum Fenster,
und schaust hinaus in das Gewitter.
Ich drehe mich um, dabei wusste ich
aus den Geisterfilmen, die wir liebten,
schon lange, dass du verschwunden sein würdest.

ÀXEL SANJOSÉ

Terzinen am Nachmittag

Es ist viel früh'r geworden, als ich dachte,
doch werd ich, Tod, dich keineswegs vertrösten;
gestatte bloß, dass ich aufs Hähnchen achte

ein Viertelstündlein noch, es ist am Rösten
und würde unbehütet ganz verkohlen.
Bleibt's roh, verdirbt's, und das fänd' ich den größten

Affront: Unter dem Vorwand, was zu holen,
kam meine Tochter heut und ließ, ganz ohne
dies zu erwähnen, gradezu verstohlen,

gewürzt mit Knoblauch, Rosmarin, Zitrone,
das halbe Tier da wie ein heimlich Zeichen.
Welch grober Undank würde ihr zum Lohne,

käm sie – das Monatsgeld droht nicht zu reichen –
in ein paar Wochen mal vorbei und fände
statt einer zwei schon gut verweste Leichen.

Und schlimmer noch: Es schiene ihr zuletzt
– nein, Tod, das kannst du nicht auch wollen –,
als hätt ich ihr Präsent nicht wertgeschätzt.

Nein, Tod, das kannst auch du nicht wollen.

ich bin Waldkönig, Waldkaiser, Waldkonzentrat. mein Tod
wird sein eine Waldmeisterbowle, ein gerührter Grünfink
noch gelb hinterm Schnabel. ich werde den Mond durch
den Hinterhof rollen. im großen ganzen bin ich Himmels-

streichler, Gottesknöterich, hastiger Häher herrschaftliches
Heim. Korrespondentenstadl für Blaubitze und -meise
Blaubeerfresserchens stille Nachtmelodie, für ein Weilchen
zugeneigt den Veilchen. geairbrusht wachse ich in Chrom-

mooren, ich bin Stahleiche, radioaktiv. mein Standbein
in den Tiefen der Geschichte gestreckter Standpunkt, ich
bin ein grauer Fruchtkorb aus zu Buchstaben gehauenen
Wurzeln. ruppige Rinde, die an rolligen Rücken reibt

Fahrradleuchten!

ANKE BASTROP

Im Inneren des Bienenstocks
eine Landschaft:
das pulsierende Hauptgestirn
im Zentrum, um die Königin
gestaffelte Brut, eine Korona
aus Pollen, der Himmelsrand
wüst in Erwartung des Lichts.
Am Boden verwehen Körper
toter Winterbienen, ein Wind,
wie über Gras hinsprechend –

MARIE T. MARTIN

Blaufeld

Blaufeld, die Trauer, seit Jahren fällt sie dich an ihre
Klauen in dich zu graben streicht wie ein Zweig mit
nassen Ästen in dein Gesicht fährt in dein Reden, ist
ständig da wenn du wach liegst kannst du ihre Sprache
verstehen? Weißt wessen Schwester sie ist? Blaufeld
in das du gehst um zu lernen, was im Inneren der Ähren
entsteht. Blaufeld in das du gehst um zu lernen, wie
weinen geht. Farben, all das Sehen was du verlernt
hast und was wieder geschieht, wenn du jung wirst.
Blaufeld wie Wasser den Kiesel geformt hat.

CRAUSS

begräbnis

die menschen hier … so beginnt die reportage
vom arsch der welt. vom ende.
die träger verdecken die blutende sonne, alles
verreckt hier, selbst freunde. die herzen erkälten,
die hucken brechen im starren morast, die landschaft
beisst striemen. einer knickt ein, die sarglade
knirscht weg – man hievt den gefrorenen leichnam
emotionslos zurück auf die schultern. die notwendigen
worte. der graben ist flach, es muss schneien. im frühjahr,
so die heiligen wollen, wird man ein loch heben
und ordentlich saufen. jetzt aber
verdecken die träger die sonne. sie blutet.

JÜRGEN FLENKER

begräbnis eines verwandten

jesus meine zuversicht sieht anders aus
als dieser gottverlassne feldweg wiesenblumen
auf der rückbank einen kranz wollten wir nicht

ein toter igel glänzte in der mulde nass
im abblendlicht und lustlos zerrte am gekröse
ein bussard so als wär die antwort hier zu finden

der himmel schickte katzen und hunde dazu einen pfarrer
mit vogelgesicht die dünne stimme drohte immer
im wind zu verschwinden ein rest von abendschimmer überm

kiesweg und das gehen fiel den alten schwer
eingeigelt unterm dach aus schirmen ein himmlisches
heer indes drei hasen hockten am offenen grab

später in der wirtschaft dampften mäntel regen
schwer die butzenscheiben blind da war die zeit
für klarere getränke längst gekommen der pfarrer fort

und der moment für weißtdunoch wie er als kind
die arbeit schon gescheut das leben immer leicht
genommen so wurde hier sein dickes fell versoffen

ich klopfte noch auf holz bevor wir gingen von allen
hatten wir den längsten weg und drinnen wurde
unterdessen unbeirrt die seele schön

getrunken eine amsel war dabei sich
aufzuschwingen die hasen waren längst vom grab
verschwunden und hatten die kränze nicht angerührt

CHRISTA WISSKIRCHEN

Choralbearbeitung

Als hätten sie eben nur Pause gehabt:
sie atmen ein und parlieren,
lächeln, seufzen, verneigen, nicht ohne Anmut,
Lebens-Stimmen in ewigem Lebens-Betrieb.

Horchen sie auf? wie dort oben nun etwas einsetzt,
klar, einsam, sich nennend,
mit Riesen-Schrittmaß überm Gewusel:
die sprechende Melodie.

Sie nehmen keine Notiz,
sie treiben ihr Und-so-weiter, und doch:
geheime Entsprechung lenkt ihre Bahnen,
schön kadenzierend enden sie alle zugleich.

ZSUZSANNA GAHSE

Der Apotheker

Den türkischen Laden gibt es nicht mehr,
keine Gemüseauslage vor dem Geschäft,
der Besitzer hat sich das Leben genommen,
die Schwester sitzt in der Küche der Mutter,
der Bruder liefert Pakete aus und flucht,
die Apotheke gibt es auch nicht mehr,
die angenehme Apotheke gegenüber der
Hauptpost hat ihre Dienste vor einem Jahr
aufgegeben, soeben hat die Hauptpost
Schluss gemacht. Aus ist es, es ist aus,
diese Lage hat keinen Anspruch auf Reime,
alles ist ungereimt, keine Post mehr, man
verschickt keine Post mehr, man, man,
von wem ist hier ungereimt die Rede!
Der Bruder liefert Pakete aus und flucht,
und gegenüber der Hauptpost befindet sich
seit einem Jahr keine Apotheke mehr,
der angenehme Apotheker ist davongelaufen,
beziehungsweise ist ihm seine Frau angesichts
der absehbaren Lage davongelaufen, das
Desaster mit den abgewürgten Einzelläden
war vorauszusehen, beziehungsweise ist
der Apotheker einer jüngeren Frau begegnet,
etwa fünfundzwanzig Jahre jünger, da stand
die Ältere im Regen, mit einem Regenschirm,
und bald war die Hauptpoststelle geschlossen.

KERSTIN BECKER

Visite

wer holt die Klumpen, die verfitzte Sprache aus mir raus,
mit Saugglocke, mit Zange oder was man sonst noch an Gerät für
derlei brauchbar zähle,
sie steckt verkeilt in meiner Kehle
heiß lodert meine Schrundenseele,

ah, die Fertigsuppe kommt, die täglich hier
– falls mein Zeitbegriff noch taugt, noch gut –
uns Insassen verabreicht wird,
darf ich fragen: welcher Sud?,

ich vegetier, schwant mir,
im Graubereich
wie all die andern aussterbenden Arten,
die Toten sind mir immer hinterher voraus im Klinikgarten,

ich geb mir alle Mühe meinen Tierkörper zu ignorieren,
die Schleimsysteme, die Viren,
ich muss mich ständig desinfizieren
gegen das Apokalyptische in der Luft.

ANDREA HEUSER

ALS DER VOGEL FLOH, mir aus dem Mund trieb
Mit den Bauch nach oben, als sei er – endlich – ein Fisch
Inwendig durchspült von müdem Gewässer, Jahre und Tage
Da waren die Kammern der Seelen leer, das ganze System der Verteilung
Laut Verschwörungen an sein Ende gelangt
Und die Gläubigen wurden *hush-a-bye* von ihren Dämonen hinweggefegt
Während den Zweiflern die Lösungen all ihrer Rätsel zufielen
Alle Bilder, alle Fragen der Welt auf einmal in den Hirnen sich
entschlüsselten
entcodierten – *Ich komm nicht heraus auf dem Mund, ich komm nicht*
heraus,
Ich komm nicht heraus aus dem Mund, ich komm nicht heraus –
Ein raunendes
Polyphones Ausbluten aller Substanz, die so allmählich als hätte sie
noch Zeit
Allerorten aus Augen und Ohren lief, ein universales, mechanisches
Pochen schlug
Laut, lauter ein auf die Masse der Herzen, war in den Herzen war Herz
um Herz
War Donner, Vogel war Mund ... *Der Vogel, er flieht und flieht, er kommt*
an dein Fenster
Mitunter nur um dir seine Flucht zu zeigen, er schlägt seinen kleinen
Trommelwirbel ...
Ich komm nicht heraus aus dem Mund, ich komm nicht heraus
Ich komm mich heraus aus dem Mund
Ich komm nicht heraus

ANNA HETZER

Anatomie

du meine *perlenfingernde nonne*
oh djuna, du meintest doch keinen rosenkranz, oder?
eine *wooly rose* vielleicht wie anne sexton?
eine wollene rose, die beim öffnen ihre falten zeigt
ein pelziges tierchen, das – anders als eine auster –
nicht im kalkgehäuse liegt, eine perle bebrütet
oder von einer stumpfen klinge gebrochen wird
um sie dann mit zitrone zu schlürfen
auch keine schnecke – obwohl schon eher hermaphrodit
etwas süßes – auch keine reife pflaume
keine halb gespaltene kastanienhaut, stachlig
oder als glatter huf. nein – ich meine – all das nicht

PETER ZEMLA

Parasiten

Wir essen einer des anderen Schorf.
Wir essen, wir knabbern, wir nagen,
was wir eingeweicht, mit Speichel,
soviel wir eben aufbringen können,
aufgeweicht haben. Wir schaben mit
fauligen Zähnen hinter den Ohren,
die Kopfhaut entlang, wir knuspern
mit unseren entzündeten Kiefern am
Schenkelinnern und wo es heikel ist
unter den Achseln. Wir knirschen,
wir weiden uns weidlich, wir essen.

Einer des anderen, jener andere den
einen, weil es so sein muss, weil es
das Sonstige weggeschmort hat, weil
nichts geblieben ist außer dich und
mich, verhakt ineinander, verbissen,
verzahnt, dass unklar geworden ist
längst, wo der Anfang des anderen
beginnt, wo aufhört der eine. Dem
Schwinden getrotzt, doch nicht zur
Kugel geworden, zum Haufen schon
eher, zum Knäuel, einer des anderen.

Schorf, wir nehmen Vorlieb damit,
wo Sonstiges nicht mehr zu haben
ist. Wir entkleiden einander, kratzen
einander die Wappnung herunter, das
Schanzwerk, verleiben uns ein, was
aufgebracht werden kann gegen die
Wundheit, der Schorf, kacheln mit

ihm uns aus innerlich, rüsten uns auf
innerlich, panzern uns aus innerlich
mit des anderen Harnisch, der Schorf,
wir essen einer des anderen Schorf.

etwas ist da, etwas spaltet den kopf, wie er scheinbar zum schein verwachsen war, etwas setzt am gaumenknochen seinen hebel an und legt seine masse darauf. schmerzen als privileg des lebens, ich weiß nicht, was dort lebt in diesem toten winkel von geruch geschmack gehirn, der längsschnitt des menschlichen schädels verrät nichts, ich vermute einen weißen fleck auf der karte, eine unentdeckte verkehrsinsel zwischen atemwegen speisewegen verwegenen gedanken: DASS ES DORT EIN VIERTES GIBT, enklave der andersartigkeit, leitlinie knöchernen niemandslandes, seelennest im gemeinsamen brennpunkt der sinne des unsinns, oder bloß das ohnehin bekannte an suturen ineinandergreift wie das zahnradwerk in einer alten pendeluhr. der zahnarzt wiegt den kopf und schickt mich zu einem, der zur graphic novel geboren die erzählung bildgebend aufzufächern weiß und mit dem spaten ins erdreich gräbt, schicht um schicht hinein ins moorig humorig humose jenseits der wurzeln,

URS ALLEMANN

Klassizistische Aberration:
Carruthers-Sonett

Ich! ich! hatte Carruthers mit dem Spaten,
den alten Luststrolch, ich! hatte ihn nieder-
geschlagen, ihm fick!fack! das Glied der Glieder
vom Rumpf gehackt und es mit Präparaten

zur Haltbarmachung des Gemächts von Schraten
so lang gebeizt, getrocknet (Farbe: Flieder),
bis, nie! nie! kehrt, was nie gewesen, wieder,
es, Organon einst schriller Kosetaten,

mit denen Onkel Joseph (Stößigkeiten,
Reindringlichkeiten) Beat pläblessierte,
bis, weggehext Fleischcrash, Verwesungspleiten,

es mich?, falls äuglings ich? ich? nach ihm gierte,
statt in Kindsgurgeln Würgspaß auszuspreiten,
vom Schreibtisch als Dekoschröckschwanz anstierte.

MICHAEL KRÜGER

Man hat mir geraten

Man hat mir geraten, mit Engeln in Kontakt zu treten
oder mit alten Chinesen. Die Sache selber ist einfach:
Die faule Milz produziert zu wenig weisse Blutkörperchen.
Langes Grübeln hat sie geschädigt, die vielen Sorgen,
das lange Sitzen in schlechter Haltung, die Ernährung
(Tomaten zum Frühstück, dazu wenn möglich Kaffee!),
mein ganzes Leben war ein Leben gegen die Milz,
gegen die Mutter aller anderen Körperorgane
und die Quelle der gesamten Lebensenergie Qi.
Jetzt heisst es, das Wasserglas auf gelben Grund stellen,
Honig, Majoran und Selleriesamen gut vermischen,
Heilandskraut und Hirschzungenfarn dazugeben,
wenn zur Hand auch Gundelrebe und junge Brennnesseln.
Und dann nichts wie raus aus dem Hamsterrad
und auf den Weg in die Freiheit. Es muss etwas her,
das die Milz antreibt, die abnormen Blutzellen abzubauen,
den Überbestand an überalterten Blutkörperchen,
den ganzen Müll, der in der Milz zwischengelagert wird,
um Platz zu schaffen für Monozyten und Lymphozyten,
für das Gute, das zu einem guten Leben führen könnte.
Sollen doch andere sich Sorgen machen, dem Leiden
nicht ausweichen, dem Bettler die Münze geben,
ohne sich zu genieren, und dem Staat den ganzen Rest.
Die Wolken sehen heute aus wie riesige Windbeutel,
die keiner haben will, sie sind verboten wie weicher Käse,
Kuhmilch, Zucker, Joghurt und rote Tomaten,
und natürlich reden wir hier nicht von Alkohol und Tabak,
weil wir uns der guten Verdauung widmen wollen,
denn nur sie und eine reine Milz sind die Garanten
für ein ordentliches Leben nach dem zu frühen Tod.

JOACHIM SARTORIUS

In den Katakomben

Die Mautstollen des Gedächtnisses,
in eine ausgewaschene Karte geritzt.
Erst wo sich alles berührt, wird es genau.
Und weil die dunklen Erinnerungen teurer sind
als die hellen, ist viel zu entrichten,
bevor die Gesten wieder vergessen sind.

Vergessen auch der schön überwachsene Winter
im Mai, die blitzenden Agaven des Vaters.
Natürlich spielen Lanzen aus Wörtern
dir all diesen Irrsinn ans Herz. Doch bleibt
der Himmel verschlossen im großen Kiel
aus Lehm. Jetzt unter der Erde vernimmst du,

Verlorener, am Morgen nicht mehr den Vogelchor.
Geborstener Lehm, Asche, Kot. Meinst du,
so der Vergänglichkeit eins auszuwischen?
Willst du tiefer umarmt sein? Streng dich an.
Strengt euch an. Last die Knochen laufen
und faltet die Hände hinter der Säule nicht.

ELKE BLUDAU

glasbirken

schlag mich durch gebinde
taste vor auf reisig.
knietief im heidemoor
entdecke ich das heimatgift
und träume grau darauf:

»ein eisenofen frisst
die kondolenzien.
das blau weiße geschirr.
das aufgerissene schwarz,
das beileid.
bei 2900° kocht das kobalt,
beileid schwebt auf
als feine blaue wolke.
im osten regnet sie ab.«

in altkleidern bester zucht
wache ich auf. mir ist heiß.
will ausgang, nichtwahr.
liege gebunden in nerz, schwer
wie ein toter bär.
und ich frage mich: was war das.
die zeit?

winter.
ich klicke winter, lege den schnee aus.
ich fahre keine langen strecken mehr.
in die moorheide gefrorener gedanken,
dorthin zieht es.

noch immer ein fremdes fell,
reisige ich den abend entlang.
es wird spät sein, bis ich licht rieche.

rhabarber ist ein duft
schmuckgrün mit mooskrampen,
ein roter grund. wasserlastige böden
braucht der hybrid für seine dunkle seite.

ja. rot reicht zum leben. immer schon.
nur wenn einmal das rot raus ist
aus dem leben. wie ausgewaschen.
die leerstände. in glasbirken
wohnst du und reibst dich wund.

RAINER STOLZ

gefallen

hingefallen bin ich oder hergefallen
ist die schwerkraft über mich, schlicht
fiel ich in mein eignes gewicht, entgegen
dem schwung der einkaufstaschen machte
ich dem erdboden meine aufwartung, die mir
erstaunlich welthaltig schien und zugleich leicht
zu verschmerzen, beinahe als könnte ich dies
wofür ich nichts konnte, das mir passierte
während mir nichts passierte, wie einst
als ich vom eschenbaum gefallen war
in den kreis der familie, die sprache
verschlagen, danke, es geht schon
ich hab gleich wieder das sagen.

FRIEDERIKE HAERTER

WIR WAREN DIE LETZTEN

die sommers auf Plattenwegen
über ihren Schatten sprangen
damals lagen am Ortsrand die Zäune im Gras
gaben Sicht frei auf Dörfer mit Namen
die alle gleich klangen nach Grenzland
und Feldern aus kariertem Stoff gestanzt
wir waren die Letzten
die ihre Kreise drum zogen
als alles enger wurde mit der Zeit
Nuss und Birne schrumpften
Blumenbeete gingen ein
im Schilf ertranken die Weiher
und in den Stuben
brannten Gespräche zu Stumpen
weil nichts geschah als der Abflug
der Brut aus den Horsten
das Ausbleiben von Besuch
und die Alten sagten bald Sense
es wurde am Ende noch einmal gemäht
geharkt auf den Wiesen
Heuballen zu Pyramiden
auf denen kein Kind mehr saß
übern Winter starb die Hoffnung
wir Jungen wüchsen nach

WILFRIED HAPPEL

ALLES SEI VIEL EINFACHER als befürchtet.
Hier geht ein Licht aus
Und im Haus gegenüber geht ein anderes Licht an.
Mehr ist es nicht, dies könne er bezeugen.
Sie hat sich umgedreht, ist gegangen und nicht zurückgekommen.
Als hätte sie den Ort ihrer Sehnsucht gefunden.
Als sei ihr mit einem Mal eingeleuchtet, dass die Angst ein Irrtum war.
Wie wenn der Hund Beute wittert
Und, von der Leine gelassen, Fährte aufnimmt.
Er hat ihr hinterher gesehen, wie sie die Straße überquert
Und durch das Hoftor geht.
Auch der Hund kehrt nicht zurück.

JULIA GRINBERG

hilfsmaßnahme

als was fühle ich mich?
als zwischenbemerkung eines
zustandes. eine fortlaufende
zweckentfremdung eines daseins:
war dieses, bin jenes, auch etwas
anderes, ein hochstapler zwischen
singdrosseln und turteltauben,
suche, erkenne, dass ich
nach mir suche, verdoppele den elan,
vergeblich. ich – nicht-ich. pseudo-ich,
das übrige vom fasan am straßenrand.
mein keim hat kein einziges auge.

laufe auf spitzenschuhen,
um besser voran zu kommen.

4. KAPITEL

schu-schu, hier kommt der seuchenzug

ULRIKE ALMUT SANDIG

Anleitung zum Lachen auf Abstand

zuerst die schlechte Nachricht: alles, was dir alles war, verkleinert sich auf die Größe eines Insekts am geschlossenen Fenster.

aber das tut es auch dann, wenn du diese Anleitung nicht befolgst.

jetzt müsste eigentlich die gute Nachricht kommen.

aber wissen wir denn, wer nach dieser Anleitung zum Lachen auf Abstand noch da ist? das Insekt oder Lynns Ex, oder Lynn oder ihre uralten, lachenden Eltern?

und jetzt die gute Nachricht: Scheiß auf alle Prachtalleen und Plätze. wir werden einander in Forsten begegnen. der ganze Sauerstoff wird uns richtig high machen.

und hier gehen wir ein wenig auf Abstand: Hände locker an die Seite, rechter Fuß zurück, linker Fuß zurück. und immer so weiter.

es wird ein ganz neues Gefühl sein, die Natur dabei zu betrachten, wie sie dich geschmeidig überholt.

in eine Rinde werden wir ritzen: Lynn war hier.

in einer anderen Rinde werden wir lesen: komm her = geh weg!

wir werden die Heiterkeit zwischen den Bäumen ausbuchstabieren, und das geht so: kurz bücken. Hände im Laub waschen. dabei zweimal Happy Birthday singen.

Happy Birthday für dich, die Geschenke für mich. den Kuchen musst du suchen, doch du findest ihn nicht.

jetzt müsste sich das Lachen eigentlich schon bemerkbar machen. die meisten spüren ein deutliches Kratzen am Kehlkopf. und zwar genau hier.

Happy Birthday, Lynn!, werden wir rufen und über die Antwort im Echo der Bäume in heftiges Lachen ausbrechen.

und das ist jetzt wieder wie Highsein. aber nicht wegen des ganzen Sauerstoffs um dich herum, sondern weil du kaum Luft kriegst vor lauter Lachen.

langsam fühlt es sich an, als würdest du versuchen, durch einen Strohhalm zu atmen. die einen stecken das besser weg als die anderen.

aber vor allem ist es ein ansteckendes Lachen, das nach und nach auf uns alle übergreift, bis der ganze Forst in einem einzigen großen Gelächter erbebt.

am Ende wirst du am Boden liegen und noch ein bisschen weiterlachen, bis du wirklich nicht mehr kannst.

die Challenge besteht eigentlich darin, nicht aufzuhören mit dem Lachen. Humor ist, wenn man trotzdem lacht.

das geht auch im Liegen.

lachend wirst du zum Umriss der lachenden Sonne heraufschauen. dunkel und klein schwebt sie wie ein lachendes Insekt über den Kronen der Bäume.

und das ist gleichzeitig eine gute und eine schlechte Nachricht.

WALLE SAYER

Mundschutz

Das, was die Seuchenhistorikerin im Radioforum gerade wie nebenbei sagte: daß im Mittelalter, in der frühen Neuzeit, die Pestkarren nicht mehr mit Metall beschlagen werden durften, damit das Klappern in den Straßen aufhörte, das dauernde Totengeläut ausgesetzt wurde und nur noch am Freitag für alle gemeinsam geläutet. Es rasch notieren. Ein mechanischer Impuls. Genauso wie heute morgen das Ausschneiden des Detailbildes im Lokalteil, als ausgeschnittenes Rechteck kaum größer als ein gegenwärtiger Mundschutz. Ein Mundschutz für die Augen, ins Tagebuch eingeklebt, auf dem die Dämonenskulpturen an der Westfassade eines Stadtkirchturmes zu erkennen sind: sie stellen ein Drachenrelief dar, einen Bärenkopf, sein aus dem Maul wachsendes Geweih, und ein grinsendes Gesicht mit Schweinsohren.

MIKAEL VOGEL

Die Okiku-Puppe

Als am 24. Januar 1920 die
Dreijährige Kikuko Suzuki von der Spanischen Grippe getötet wurde
Sollen die Haare ihrer Lieblingspuppe zu wachsen be-
Gonnen haben..
An ihrem Aufbewahrungsort im Mannenji-Tempel nordöstlich von Sapporo
Die Puppenhaare immer noch weiterwachsen, alle zehn Jahre einen Haarschnitt
Erforderlich machen.
Puppen solle man nicht in den Müll werfen
Sondern im Ritual des *ningyo kuyo*, des *Puppenbegräbnisses*, ein-
Äschern um die im Stich gelassenen langjährigen Vertrauten zu besänftigen. Jedem Artefakt
Entstehe nach 99 Jahren eine Seele; sobald man es nicht mehr benutze
Beginne es aus Wut darüber zu spuken.
Immer weniger Haare meines toten Katers an seiner Lieblingsstoffmaus
Mit der niemand mehr spielt an ihrem neuen Platz
Unter der Schreibtischlampe

LARS-ARVID BRISCHKE

genese einer genesung

alles wird wieder
herangezoomt, daheim
gebliebene geliebte
stecken sich
die nächste zigarette an –
ein risiko
das sich der wissenschaftlichen ortung
entzieht

BILDET ANTIKÖRPER!
bevölkert die balkone!
& zoomt euch
rein & schnell wieder raus
beifall oder beischlaf (vieles kann, nichts muss)
beides sollte zu machen sein
bevor wieder zugemacht wird

bevor die wertschätzungsketten
ununterbrochen sind
& sich nicht anstecken lassen
von zahlenmagie
rein raus gezoomt & durch
immunisiert
wie nie zuvor

wird alles wieder

NORA GOMRINGER

Das kollektive Stillhalten der Füße

Das kollektive Stillhalten der Füße leert die Straßen.
Die Kommentarspalten füllen sich mit Erstaunen über Brot, Vogelsang,
Nachbarsgüte, das Seufzen über Kinder
und alle wollen sich merken, was sie derzeit, nein,
genau jetzt,
fühlen, um in der Zukunft bessere Menschen,
bessere Eltern und Arbeiter zu sein.
Der Planet soll spüren, dass wir wieder willens sind,
eine Schicht aus – mindestens – guten Absichten um ihn zu krusten.

Oh, diese Angst. Diese stille, präsente Angst.

Wir sind Verzögerer von Natur, sind späte Retter und weithin
Verschlepper.
Nun diese Phase der *stasis vera*. Sie lässt uns das Fernmündliche
und nimmt den Kuss, das Küssen, Lecken,
die Frikative, das Plosive und die Spucke.
Wir ahnten, dass wir einander durch Nähe auch verrieten,
folterten und töteten. Die Scheidungszahlen rechneten es vor.
Doch dass wir absichtslos des anderen Vergiftung sind, wer,
wirklich! wer
hätte es geahnt. Denn die Ahnung ist Sache aller Tiere,
ist Beunruhigung im Sinn des Hundes, bevor ein Beben
seinen Herren gefährdet, ist vor dem Sturm der Rückzug
der Insekten und ist vor der Mitternacht das Fauchen grauer Katzen.

Oh, diese Angst. Diese stille, präsente Angst.

Poetisch, ungerecht ist, dass Kinder Alte und Sänger Schweigende
gefährden.

Denn wer einander braucht, wird voneinander abgetrennt
mit der Strenge neuer Kommandanten.
Der Pantomime in der Straße wird als der geduldete Typus Artist
am letztmöglichen Auftrittsort verbleiben. Der Leierkastenmann darf kurbeln,
aber nicht mehr sprechen, was seinen Akt ad absurdum und
klar vor Ohren führt: Er leiert.
Musik aus Ferne wie körperliche Liebe ist in Zukunft
mehr denn ja
die Sache der menschlichen Erfindung und damit
von Geistern, die man zwischenzeitlich rief, und
nicht mehr weiß, wie zu entlassen.

Oh, diese Angst. Diese stille, präsente Angst.

Ob ich die Eltern, ob ich die Neffen,
ob der ersehnte Urlaub, ob das entgangene Geschäft,
ob die geübten Rituale, ob die Momente, angereichert mit Berührung,
ob die Natur, ob wir einander, ob die Zeit,
ob Herz und Hände, ob neue Werte oder alte,
ob Freiheit, ob neue Definition, ob du mich,
ob ich dich, ob Angst, ob am Ende der Zeit,
ob wir doch und ob wir endlich,
ob wir mutig oder ob wir feig,
ob ich je wieder lese zu den Bedingungen vor unserer Krönung?
Alle Fragen bleiben ungefärbt im Ansatz, das Grau wächst sich
von der Wurzel aus.
Das kollektive Stillhalten der Füße
sorgt für Verstummung der Gedanken und so wissen wir bestätigt:
An unsere Fersen ist seit Jahr und Tag geheftet– unsichtbar selbst für die Gedehntesten –
summend-sehnsüchtiges Gefühl und auch die Peristaltik braucht den Gang ums Haus,
um nicht vom Glauben an Bewegung – auch des Herzens – abzufallen.

SANDRA GUGIĆ

hunderte biografische seiten kondensiert für diesen text
meine ganze erinnerung besteht aus bildern meine erzählungen
autosoziobiographie sprich sich einem gegenstand nur im rückblick
annähern mein vergangenes ICH als ein anderes betrachten
in zeitlicher distanz bilder stimmen zeitabschnitte
erinnerungen zuordnen zähl die bilder der letzten tage:
das kind friedlich schlafend am mittag
die einkaufsliste: zahnseide und champagner und windeln
auf dem küchentisch das cover der New York Times vollflächig schwarz
die oper auf der bühne im halbkreis ein streichquartett der saal
voll besetzt aber nicht mit menschen sondern pflanzen
ein zeichen setzen für
menschen in einem pflegeheim einander umarmend durch eine
schutzhülle
endlich wieder nähe auch in zeiten der
demonstrierende stürzen die statue des sklavenhändlers von ihrem
sockel wenig später ins Wasser
ein ende der zeichen
mein vergangenes ICH als ein anderes betrachten
verändert sich ein gegenstand im rückblick in zeitlicher distanz
schläft das kind am mittag
sind die einkäufe gemacht
ist das die zeitung von heute auf dem küchentisch
was für bilder werden bleiben von diesen tagen
in unseren köpfen auf unseren displays in den büchern

Zwei wichtige Helfer im Haushalt sind der Fantasieschrank und die AEG-Wörtermaschine. Diese beiden ergänzen sich vorzüglich und machen die Arbeit wirklich zum Vergnügen.

weil wir selbst das virus sind, auch wenn wir dies
leugnen. weil wir nicht die strophe sind und schon
gar nicht der refrain / vergessen, alles vergessen,

nicht nur das, was wir wussten. der regen löscht
unser feuer, dagegen helfen keine pferdewetten,
keine goldenen ringe oder sonstiger tand. wenn

du im herbst den nistkasten reinigst, mischen sich
federn mit asche, erkaltet das essen, und nur der
herd kennt die wahrheit // *mein körper*, sagst du,

eine schlecht geölte maschine. die schmetterlinge
begeben sich zur nacht, trotzen dem virus & uns.
und frei nach lamarck wachsen uns goldene flügel.

BJÖRN KUHLIGK

Die auf Abstand gehaltene Welt

1.
An einem Morgen im März stand ich aufrecht
im Badezimmer mit Zahnbürste im Mund
der deutsche Finanzminister sagte im Radio
Ich wende mich gegen jede dieser zynischen Erwägungen
dass man den Tod von Menschen in Kauf nehmen
muss, damit die Wirtschaft läuft

da dachte ich kurz, dass nun auch
der Finanzminister das Wesen des Kapitalismus
für nicht gut erklärt hat, an diesem Morgen
im März, in dem die Maßstäbe verloren gingen
wie Erbsen, die ein Kind mit dem Katschi
in einen dafür nicht vorgesehenen Raum schoss

2.
Alles Gute kommt wie alles Schlechte kommt
plötzlich liebten alle, wirklich alle die Menschheit
wir lernten alle, wirklich alle, wie man sich die Hände richtig
wäscht
wir sangen zwei Mal Happy Birthday oder einmal die Hymne
wir nähten Masken, wir aßen drei Mal am Tag gemeinsam
wir konnten uns alle nicht mehr sehen
der Gipfel des Mount Everest war geschlossen
uns fehlten die Flugreisen, Kreuzfahrten, Plünderungen
wir schnitten uns die Haare selbst
was haben wir 2020 gemacht: deutlich sprechen gelernt
der Wunsch der Kinder: endlich mal wieder alleine zu Hause sein

ILMA RAKUSA

Corona mit Hölderlin

Nicht alle Tage nennet die schönsten der,
Der sich zurücksehnt unter die Freuden, wo
Ihn Freunde liebten ...

Der Tag ist wieder heller, ohne Schnee, der wilde
Kirschbaum fast in Blüte, der Kirschlorbeer in vollem
Glanz, nur trüb das Herz. Die Güter zirkulieren noch,
wenn auch nicht alle. Man weiß: die Lieferketten
reißen leicht. Sie sind fragil wie unsre Leben. Der
Beweis: die vielen Virus-Toten. Vergnügungen gabs
gestern, keine Überreste, nur Nostalgie. An bessre
Zeiten, Kanufahrten, Feste, an Lagerfeuer mit
Kumpanen ohne Havarien. An Gäste, Freunde,
Disco-Melodien. Ein bisschen wie von Sinnen.
Und jetzt? Vorbei. Die Bäume werfen Schatten,
wir schatten mit. Wir heben düster unsre Arme
zu virtuellen Rettern, der Rosenkranz ist keine
Option. Es mangelt an Vertrauen und Devotion.
Nun denn, *wer aus Gefahr sich windet, ist wie*
ein Mensch, der kommt aus Sturm und Winden,
gehärtet, andersfromm. Wir werden sehen, noch
sind wir mittendrin. Was ist Bestimmung, was
nur schnöder Zufall? Wer lenkt das Ungemach,
wer die Natur? Wer bringt das *ungebetne Weh*
und gibt sich aus als Allmacht? Wo bleibt die Ruh?
So lang die Nächte ohne Du und Träume, so
irr das Hirnen über das, was kommt. Szenarien
und Exit-Strategien, Räume ohne Mund.

Da liegen Mann und Frau und Hund im engen
Zimmer, sie sind es satt. Sie wollen raus
und keinen fragen, so wie in guten alten Tagen,
die Witterung ist mild. Was immer wir anstreben,
die Virologen habens Sagen. Gemach und
weiterweben. Der Wald steht still, der Wille.

FLORIAN VOSS

plage

schu-schu, hier kommt der seuchenzug, außerplanmäßige krise
morgens beim lidl pflanzen sich die träume vom herbst
in die ausgehobenen kühlregale, pizza hawaii noch nicht aus
an den kassen selbstschussanlagen und stacheldraht

draußen auf den wiesen lachen die kinder dem tod entgegen
krankenschwestern fliegen auf schaukeln in die lüfte empor
ihre blauen strümpfe flattern im wind, erotik des untergangs
und überall blumen und pollen und lungenverzehrende stäube

auf den ausgekühlten speichern, unter alten trockenleinen
knistert äonenalter taubenkot die nächste plage hervor
der sommer wird lang und heiß und leer wie eine morgue
und im november die hikikomori dann: war was?

DOROTHEE ARNDT

Schlafende Schuhe, wie vieles mit einem Märchen vermischt

Meine Schuhe fragen nicht: wie kannst du »Schuhe« zu uns sagen. Sie fordern sich nicht mal eine Anrede ein. Es ist nicht einmal klar, ob sie sich selbst genügen oder ob sie Selbstgespräche miteinander führen. Es ist nicht einmal klar, ob sie mich spüren, ob ich sie spüre, weitläufiges Gummiband, drüberspringen und verhaspeln, dass ich den Alltag nicht versäume. Vielleicht sind sie Überreste, Merkurs Flügelschuhen verwandt, die keine Schritte zu zählen brauchen und einen vergessen lassen, wohin man geht. Wo war noch einmal der Widerstand. Kaltschrift, bedingungslose Grenze, mit Liebe verwechselt. Mir steht der kalte Schweiß auf der Stirn. Es ist doch alles kein Spaziergang mit dieser Maske und den vor Kälte tauben Schuhen und doch, es ist ein Spaziergang mit Zehen, die ich nicht mehr spüre. Die Hoffnung und alles weitere, überlassen wir den Vögeln. Sie picken sie schon weg, singen ihn schon fort, den Alltag aus der Luft.

HELLMUTH OPITZ

März. Und alles, was danach kam

Es war die Zeit, als die Termine aus den Kalendern
verschwanden, als wären sie mit Tinte geschrieben,
die wie von Zauberhand auf einmal unsichtbar wird.
Es war die Zeit, als wir nichts vorhatten, als überall
Pläne herumlagen, zerknülltes Futur, als wir uns
freuen wollten und nicht mehr wussten worauf.
Es war die Zeit, als wir Weltreisen unternahmen,
die vom Bad via Küche bis ins Wohnzimmer führten.
Nach Hause kommen war wie nach Hause kommen.
Es war die Zeit, als die Sprechblasen platzten, Kinn
Mund und Nase verklebten und sich so in perfekte
Atemschutzmasken verwandelten, während
der Frühling einfach ohne uns weitermachte, die
Narzissen knipsten ihr Licht an in den Vorgärten und
morgens kam die Ohrenbetäubung von den Vögeln
in den abgestillten Straßen, die Sonne plakatierte groß
auf der Werbefläche eines blanken Himmels und
die Leute fingen an, Distanzen zu tanzen. Wie elegant
sie einander passierten! Nur wir wussten nichts
vom richtigen Abstand, zusammengewürfelt in
dieser Wohnung , ich meine, wir kannten uns kaum
und immer, wenn ich dich küsste, flatterten deine Lider
und du sagtest deinen Ankersatz, dein Mantra, dein
safe word für Zeiten wie diese: Aber bitte nichts Festes.

5. KAPITEL

die kanne von balzac

HEINRICH DETERING

in Wordsworths Garten

lange saßen wir im Garten vor Wordsworths Wohnzimmer
aßen die süßen Brownies und tranken schwarzen Tee (heiß,
es war ein kühler Spätnachmittag Ende September)

unsere verschwommenen Spiegelbilder sahen uns
aus dem dunklen Umriss von Wordsworths Büste im Fenster
an wir waren die einzigen Gäste außer dieser

Amsel in den dürren Zweigen der Bergkiefer abseits
über der Grotte dort wo Wordsworths Schatten saß er war
sehr alt und schrieb nichts lebte von seinem welkenden Ruhm

lauschte wie es schien der Amsel dem leichten Fallen der
Kiefernnadeln hörte wie früher wie immer nur wort-
los

was vom Tee übrig war ließ ich später langsam in die
Kiefernnadeln rinnen ein leises lebendes Geräusch
wie der Amselgesang der eben wieder einsetzte

JÜRGEN BRÔCAN

der Biographiensammler

es ist nicht nur der Zeitgeiz, den uns der Körper
vorführt, sondern auch das zerrende Gefühl
von Mangelernährung – daß man sich nicht
genug ist, in dieser Kosmossekunde –
zerquetscht von den opaken Blöcken vor einem

und nach einem – meist hilft eine Transfusion,
das Anzapfen anderer Leben – im Regal
stehn sie, in festem Umschlag und ohne
feste Ordnung – so daß sich begegnet,
wer sich nie traf und nicht hätte leiden können –

Heinrich Schütz singt sein letztes Magnificat –
Philip K. Dick verflucht Gott, beim Tod
seiner Katze – so oder so ist es am Ende
immer zu wenig, niemand weiß, wie-
viele kunstvoll geritzte Baumrinden moderten –

wieviele verborgene Höhlengalerien insgeheim
verschüttet wurden – welche Sandbilder
verwehen – Skulpturen durch religiösen
Wahn fielen – niemand weiß, wer das
Wenige erschuf, das überlebte durch die Jahr-

tausende – und irgendwann ist auch die Sprache
dieses Gedichts unverständlich, vergessen
von einer Menschheit, die worum kämpft:
noch immer um Ideen? – um Wasser
und Raum? eine Menschheit von welcher Haut-

farbe – welcher Schädelform? – unzivilisiert? –
cyborgisch? – irgendwann ist keiner da,
der sich diesen Mann vorm PC ausmalt,
was er aus dem Fenster sah, was ihn
quälte aus Nachbarschaft und seinem Land –

irgendwann erinnert sich der Planet nicht mehr
und irgendwann vergißt sich die Galaxie,
Licht aus! – ihr Sonnen – schlaft ruhig –
es ist so, wie Edward Elgar sagte:
»Ich glaube, da ist nur völliges Vergessen.«

(selbst der smaragdene Amazonas konnte sein
nobles Feuer nicht wieder erwecken.) – er
hätte sich nie vorgestellt, daß die Skizzen
und nachgelassenen Ideen zu seinen
besten Werken zählen würden – vervollständigt

von fremder Hand – deshalb spende ich, selten,
doch jetzt öfter, selbst etwas Blut –: Spät-
nachmittag mit eingebautem Farbwechsler,
schneller als ich wen anrufen könnte,
daß er den Beweis sieht: Sintflutgrau, Spektral-

licht – diskolorierte Birke, ihr korallenbleicher
Schopf, im Wind trocknend – tagtraum-
farben, substanzielle Luft, grimmgelb –
(da kneift die Sprache, kein Wort
schafft, was dem Eichhornpinsel leichtfällt).

KATHRIN NIEMELA

augustsonntag mit balzac

(nach nadja küchenmeister, am grund)

wie schläfrig alles wirkt,
als ich an la muette den zug verlasse, paris steht träge
wie ein karpfen im wasser, rührt sich nicht, wartet sich
von fressen zu fressen durchs leben, zuweilen gassigang,
gras rar wie schlaf bei balzac, der sich tot gesoffen hat,
sagt man, fünfzig kaffee lang die arbeitsnacht im
mönchsgewand, aus den augenhöhlen floss tinte,
die cafetière in der vitrine, das also war die
kanne von balzac, der gehstock, die bibliothek

niemand weiß genau, wie spät es ist, wenn es zu spät ist,
in der m9 war es chaussée d'antin la fayette,
als sich die fixerin auf den boden legte,
rote augen unter schwarzen lidern,
boots mit eisenspitze, kapuze wie die kutte von balzac,
kaputte nebenumstände, die uhren abtragen

in der kaffeekanne gespiegelt: familien und objektive,
die menschliche komödie spielt in gedachten kathedralen
aus steinen, die beim berühren zerfallen und
sich in starbucksbechern sammeln

MICHAEL BUSELMEIER

Lied vom bunten Schwein

(Günter Herburger gedenkend)

Dein Lied es könnte fallen aus der Nacht
in luftiges Papier gewickelt sacht

es könnte steigen aus dem Zimmerbrand
wo Rosemie das Flammenende fand

wo Pelze sprühten Drogen Klopapier
der Wiedehopf im kahlen Flur die Gier

mit der du schriebst und liefst von dort nach hier
in Traum und Wahn geborgen wie ein Tier

im blauen Müllsack röchelnd vor der Tür
der Totemvogel hockt gerupft auf dir

im Koma liegend wie dein Berghirt Jean
das bunte Schwein schleckt dir die Knie an

HARRY OBERLÄNDER

hôtel du levant, bordeaux
in erinnerung an christoph meckel

einen ort haben um abwesend zu sein
abhanden zu kommen in unpassender jahreszeit
entbehrlich für anrufer für mails nicht erreichbar
weitab ein ort für einen der eifersucht und liebe
hinter sich hat

bei der ankunft im hotel gegenüber der gare saint jean
war die tür offen die treppe spärlich beleuchtet
niemand fragte nach identität und kreditkarte
hier wohnten handlungsreisende ohne geschichte
andalusische zirkusagenten die ihr rasierzeug vergaßen
ein ukrainischer ornithologe eine mezzosopranistin
aus gent ein anthroposoph aus bad tölz und ein
ahasver auf der flucht nach marseille in der hand
eine zeitung aus der das datum ins zwielicht fiel

am morgen trank er einen cafè noir schlug die huîtres
offré special aus und die nachtigall war eine möve

in seinen gehörgängen rauschte die zeit das licht
blendend hell schlug seinen schatten aufs pflaster
bevor er den zug nahm nach südwesten
                                                            hier wird
nicht erzählt wohin er fuhr
ein andermal vielleicht mehr
bevor schließlich alles verschwindet

PHILIP KRÖMER

// jacques & joseph //

unsere worte wiegen leichter als luft
der pralle sack drückt uns fort von
der erdoberfläche wir atmen dünner

hier oben braucht es außer einem weiten klaren
blick und einem nerz um die schultern nichts

wer freiheit sagt meint unsere auffahrt

meine unausgesprochenen zweifel sind die sandsäcke
die wir losschneiden um immer höher aufzuschießen

ikarus standen nur federn und wachs zu gebote
wir dagegen bestehen ganz aus segeltuch papier

und zwirn und bast
was kann schiefgehen

OLGA MARTYNOVA

***

Das Gedicht transzendierte die Wirklichkeit nicht mehr. Da stand es und war nur noch sachliche Aussage: so und so, und der Kapo brüllt »links«, und die Suppe war dünn, und im Winde klirren die Fahnen.
Jean Améry

Kommt die Taube hinzu, sagt: »Hölderlin«.
Oleg Jurjew

Vu nemt men a bisele mazl,
Vu nemt men a bisele glik.
Jiddisches Lied

Weh mir, wo nehm' ich
die Suppe,
im Winde die Fahnen dünn,
wehs mer
so oder so,
und der Kapo
im Schatten der Erde.
Die im Winde klirrenden »links«.
Und der Kapo trunken von Küssen:
Vu nemt men a bisele mazl.
Dünn waren die Fahnen.
Wehs mer, vu nehm' ich,
wenns Winter ist,
Rosen a bisele,
mazl a bisele,
Schatten, a bisele
Erde, a bisele glik.
Wehs mer, vu nemt men

gelbe Birnen
und wilde Suppe,
a bisele Wasser,
und der Schatten brüllt,
wo nehm' ich a bisele
mazl, wenns Winter und Blumen,
und Sonnenschein, wehs mer,
die Mauern stehn
im Schatten der Erde.
A bisele Erde
im Schatten des Gliks.

MONIKA VASIK

Wagemut

Und während alle ins Sklavenhafte sich fügten
darbten litten oft schweigend zerschellten
ergriffen ein paar Verwegene das Wort
fächerten Gedankenräume für Utopien auf
wider die Ausweglosigkeit des Nichts und
für das Selbstbestimmungsrecht von Frauen
wurde weitschauend sie eine vehemente
Streiterin für ihre Ziele mit Antigone mit
Iphigenie als Ideal die über Tagesideen
sich erhoben mit kolossaler Willenskraft
bis an den Rand der völligen Erschöpfung
denn es gab *Höheres und Weltbewegenderes*
als den Sieg des Schwertes sagte sie glaubte
an den Sieg des Geistes des Rechts der Freiheit
und klagte nie lauthals was es sie kostete
wurde sie beschimpft beleidigt auch bedroht
denn bloßes Verharren interessierte sie nicht
war lieber *eine ewig suchende Frau die*
Ideale sich aufbaute riss energetisch mit
als Rednerin stets ohne Manuskript lebhaft
ihr Mienenspiel ihre Anmut beim Taktieren
programmatisch und offensiv gegen sogenannte
natürliche Bestimmungen ihres Geschlechts
dies Gretchenideal einer Vernichtung des Ichs

MINNA (Wilhelmine Theodore Marie) CAUER, geb. Schelle:
geb. 1.11.1841 in Freyenstein/D
gest. 3.8.1922 in Berlin
deutsche Frauenrechtlerin, Aktivistin im radikalen Flügel der bürgerlichen Frauenbewegung, Gründerin der Zeitschrift »Die Frauenbewegung«, Journalistin, Pädagogin, Pazifistin.

RALF BURNICKI

Good News

zugeeignet Benjamin Péret
und seinem Gedicht »Hund und Katze«

Die erhofften Gewissheiten
kamen heut früh als Sammelpaket,
Lieferung frei Haus, wohlbehalten
die wichtigsten Kategorien, Kernsätze,
Denkfiguren, schön auch die
Entfernungen, noch etwas kleinlaut mit
ihren aufgeklebten Ereignissen, optimal
haltbar bei +18 Grad und geduckter
Körperhaltung, dazu der auf
künftigen Besitzstand eingestellte
Erwartungshorizont, der Bonusbeutel
kluger Fragen zur Kunst,
ein Minimalgebinde aus Zahlen,
alles ausbaufähig zum
Lebensstil, Anleitung anbei,
auf Seite 3 steht Landluft, ebd.
und s. a. Niederholz und
an anderem Orte leuchtet das
Bentham'sche Glückskalkül

THOMAS BÖHME

Der Maler im Moor
(Otto Modersohn)

Die Erde eingedunkelt & so zerfurcht
wie Gesichter auf den späten Bildnissen Rembrandts.
Das gealterte Licht überzieht
die unergründlichen Tiefen mit Firnis.

In den Stiefeln des Malers steht Wasser.
Eben schaut er zwei Kindern nach; barfüßig
huschen sie über den morschen Steg.

Er muß sie bannen samt ihren schwarzen Füßen
ehe der düstere Moorwald sie schluckt.
Weiß er denn, ob sie wiederkehren?

Er könnte sie auch mit Bastschuhen
oder mit Holzpantinen versehen:
die Milchmagd vor ihrer Häuslerkate
das Mädchen, das mit der Birke verwächst.

Eigentlich malt er doch lieber Bäume als Menschen.
Er spürt es, sie brauchen ihn nicht.
Aber dort, wo sie fehlen, geraten die Fenster
unter den Reetdächern ihm wie glimmende Augen.

ARNE RAUTENBERG

eine noch kürzere geschichte der modernen kunst

die aus der kunstgeschichte kamen trugen von allen den größten schrecken
davon erst blieben ihnen ihre schöpferischsten jahre verborgen und als
ihnen klar wurde dass sie die auserwählten waren fegte schon die
nächste halbgeneration verwegen über sie und ihre veralteten
positionen hinweg so wurden sie die letzten die merkten
dass sie längst eingegangen waren als karikatur
ihrer selbst richteten sie sich am routinebaum
der ewig gestrigen auf mit dem einzigen
trost dass es all jenen die über sie
herabgekommen waren genauso
ergehen würde wie ihnen ein
fortwährendes nach dem
platzen der bombe ist
vor dem platzen der
bombe nur brannte
die lunte nun
nicht mehr
ab sondern
auf und
er
l
o
s
c
h

6. KAPITEL

Ich sang sanguinisch, vollblütig. Sang singulär, ohne Salär.

ELÍAS KNÖRR

als ich in die samtigste Windstille hineingeriet
traf ich eine Walküre (oder sowas)
sie war eine Königin mit Matrosenaugen
        und königlichem Geschick an der Harpune
sie sah mich
        und begann
        in meinem Bauch auf Walfang zu gehen
sie ließ mich mit einem heftigen Gewitter kommen

Aus dem Isländischen von Konstantin Ames

DANA RANGA

In einem Aquarium

Der Hai schwimmt um den Kopf des toten Fisches herum. Ob er ihn beerdigen soll? Soll er ihn zerfleischen, bis ihn das offene Auge nicht mehr anstarrt? Wem nützt der stumme Zeuge? (Der Ochsenkopf-Fisch hat keine Augenlider) – Wo soll ich die abertausenden Bilder archivieren? Ich schwebe in ihrer Mitte. Eines Tages werden sie mich ersticken. Wenn ich die Augen schließen könnte,

würde sie der dichte Nebel in mir verschlingen, der Kosmos voller Blitze: Ich werde ihn nicht kennenlernen. Wie soll ich mir die Wüste Rub al-Chali vorstellen, die Gletscher Grönlands, den Koko-Nor See? Werde ich niemals von der Erde zum Mond schwimmen? Wenn ich die Augen schließen könnte, würde ich mich an die Regentropfen erinnern wie sie auf die Steine schlagen.

Aus dem Rumänischen von Ernest Wichner

ERIKA MARTÍNEZ

Das Haus über mir

So viele Jahrhunderte haben dieses Stück Erde aufgewühlt
sie ist vom Vieh durchwandert
sie hat das Vieh ernährt und die Menschen
die das Land bewässert haben
mit dem schwarzen Fluss ihres Blutes
– Blut ändert seine Farbe
wenn es den Körper verlässt –.
So viele Jahrhunderte lang Ziegelsteine aneinandergereiht,
hier war ein Stall
über den man eine Kirche gebaut hat
darüber eine Fabrik
darüber einen Friedhof
und darüber einen Sozialwohnungsbau.
So viele Frauen schrubbten hier Fliesen,
brachten auf den Fliesen ihre Kinder zur Welt,
ließen die Scheiße unter den Fliesen verschwinden
über die ihre betrunkenen Söhne huschten
und ihre nüchternen Ehemänner,
die arbeiteten, die vögelten
zum Wohl eines Landes, an das sie nicht glaubten.
So viele Jahrhunderte, dass ich,
Teil einer überflüssigen Generation,
den Glauben an Gleichberechtigung verliere,
die Decke meines Schlafzimmers betrachte
und das Haus über mir
stürzt auf mich.

Aus dem Spanischen von Geraldine Gutiérrez-Wienken und Martina Weber

EDWARD KAMAU BRATHWAITE

Bermudas

Marine to Noon Bericht auf Américas Airplane

Erst beginnt die dunkle see
sanft zu atmen in grün
in licht und lichtes grün hinein
bis dann was wie blaue

rippen auf dem wasser ist. träumend
und die wasserfarbenen rippen sind kiemen
des ersten fischs atmend
das erste land erstes aug-

lann eiland
bis was da ist was nicht da
auf dem wasser sein sollte
weisse

fussspuren aus sand vom grund des ozeans
werden zur dünnen strasse nach Eleuthera
lang und dünn auf dem wasser gehend
bis da plötzlich ein schwarzer stein ist

eine dunkle
schleier kabbala umringend in kreisen
der anbetung grüne wassermuscheln
die sich einfalten wie weiche

juwelen den ersten riesenfisch
aus der schöpfung raus
mt/ rippen venen blinken
von nem schwanz & dazwischen tiefe kanäle

wo sie berge sein werden & kämme
& dörfer & indigo ozur sonnenaufgänge
in lapis lazuli & weisses salz hebt hervor die fein gewellten ecken
& dehnt sich aus zu tausenden zungen. meilenweit

weich treibende lippen. wie durchleuchtende liebe
auf dem wasser. dieser fisch
aus der luft so vieler so vieler unknäuel
& 10 tausend jahre später sind da bäume

Aus dem Englischen von Hans Thill

ADALBER SALAS HERNÁNDEZ

IV

Sieh mal, die Wahrheit ist, dass ich auch nicht
mehr weiß. Die Nachrichten, die sie im Fernsehen
zeigen, sagen wenig über das Gezeigte aus. Den
Zeitungen geht das Papier aus, sie sind gezwungen
Platz zu sparen, also können sie nur über die abgefuckten
Fälle berichten, verstehst du? – die allerbeschissensten.
Aber es wird weiter geschossen, und jede einzelne
Kugel besitzt Vor- und Zunamen, Ausweisnummer. Das
taucht in keiner Schlagzeile auf. Man hielt Totenwache
bei Kaffee und Semmeln, bis der Tote ganz bleich war.
Den Rest erledigte Abwarten, er verblich während
des Smalltalks im Familienkreis weiter. Aber weißt du,
die Geschichten häufen sich. Und man erzählt sie sich in
prophetischem Tonfall, als ob bei all den namenlosen Toden
der eigene dabei wär. Und wer weiß, kann ja sein, dass das
zutrifft. Vielleicht sterben wir hier alle ohne es zu merken
den gleichen Tod. Klar, dass das nicht auf die Titelseiten kommt.
Niemand wird über einen hageren und weibischen Knochenmann
berichten, der nur aus dürftigen Zahlen besteht. Keine Meldung
wert. Niemand will was vom spröden Tun der Zahlen hören,
kannst du mir folgen? Egal, letzten Endes frag ich mich,
wie sie das schaffen. Wie messen sie das
Schießpulver ab, zählen die Kugeleinschläge,
die Ave-Marias und Kyrie-eleisons, die Kilos reglosen
Fleischs, die Liter betäubt auf dem Asphalt liegenden Bluts
und all die Salzkörner, die der einzige
Stoff der Seele sind. Wie können die Zahlen nicht eines Tages
verrückt werden? Weshalb machen sie einfach weiter
mit ihren Statistiken, werfen Kalk in den Rücken der Zeit, um das
verwesende Fleisch zu kaschieren? Ich begreife ihr Tun nicht,
warum sie uns nicht einfach zurücklassen, ohne Quantitäten und

Bruchmengen, ohne dies Minimum an luminösen
Heiligen, die das Jenseits verstopfen,
am Ende auch nur einsam.

Aus dem Spanischen von Geraldine Gutiérrez-Wienken und Marcus Roloff

W. S. MERWIN

Das unvermeidliche Leichtsein

Die Straßen und alles, was auf ihnen liegt, fliegen hoch
und lösen sich auf
ein Netz steigt auf von der Welt
das Spinnennetz, in dem sie dabei war zu sterben
und die Erde atmet nackt mit ihren frischen Narben
und überall Himmel

Aus dem amerikanischen Englisch von Martina Weber

CHARL-PIERRE NAUDÉ

Zur Zeit der Aufstände

Ich hatte meine Schuhe vergessen
und wusste nicht, wie weitergehen.
Kaum einer lässt sie zu Hause stehen,
wo keiner daran denkt, sie zu vermissen.

Ich war ersetzbar, sie noch zu gebrauchen,
ich hätte damit werfen können nach ihr,
die zu gut war für mich, oder laufen, laufen.
Waren das dieselben alten Häute, die wir

auf der Flucht vor den Wächtern verloren?
Länger als ich klebten die Sohlen am Boden.

Zwei lecke Fischerboote, desertiert
mein Gang auf dem Ponton, atemlos,
die beiden Heimweh-Hämmer dirigiert
kein Puls, und meine Hasenfüße liegen bloß.

Aus dem Afrikaans von Sylvia Geist

CHARL-PIERRE NAUDÉ

Dauer/Unterbrechung

(ars Poetica)

Ich sehe mich noch herabblicken
auf einen Teppich

aus Satellitenschüsseln
auf dem Hüttenmeer eines algerischen Tals,

das Seerosentreiben
auf der Wasserlosigkeit

und, Monde weiter,
meine Füße traurig versinken
in den weißen Blüten
eines Flurläufers, weich

wie ein Schädelfeld in Südostasien.

Ich höre es
in meinem Innenohr,
das Lied meines Hirns,

das seinem Orbit entgleitet,
Mücke wird

und schließlich, immer weiter,
Satellit.

Nichts als ein Auge
bin ich da oben, auf der Höhe,

unerschrocken, starr
wie ein Kussmund ohne Lippen,

von noch höher schließlich
segle ich herein von außerhalb,
außerirdisch, ein Sombrero
mit der kleinen Kugel in der Mitte,

eine fliegende Untertasse.
(Nicht umsonst
kamen die Götter zum Brüten her.)

Trotzdem, um dieser irdischen Sache willen,
dieses bodenständigen Dings namens Schluss
(immer die Umkehr
nach tragischem Beginn),

sieh mich lieber als das,
was ich bin:

ein Frosch
auf seiner Seerose,
die sich himmelwärts dreht.

Aus dem Afrikaans von Sylvia Geist

EUGENE OSTASHEVSKY

16.

Ich sang unbändig von Händen, vom Siegen und Kriegen.

Ich sang sanguinisch, vollblütig. Sang singulär, ohne Salär.

Meine Sprache aber, gebrochene war sie in einer Bruchbude.

Es gelang nicht, wie ich sang. Langte nicht hin.

Ich denke das mit dem Desinteresse einer Tasse.

Kein Lied sang, was mein Ich zu hören verlangt.

Nun ist es ein Mann in mittleren Jahren, O Lied wo ist dein Glied.

Poesie ist was für Kinder. Poesie ist Poedu, sagt der Kakadu.

Was soll Poesie uns sagen.

Sie soll uns sagen, wer wir sind und was wir denken.

Sie soll sein eine sichere Scholle, selbst als Eisbrocken im brackigen Wasser.

Sie soll erschaffen ein Du. Ein Ohr.

Und sollte ein Ohr nicht sein ein Mund.

Ja, wir wollen Worte, die Münder machen.

Aus dem amerikanischen Englisch von Uljana Wolf

RICHARD SIKEN

Scheherazade

Erzähle mir von dem Traum, in dem wir die leblosen Körper im See
bergen und sie wieder in warme Kleidung stecken.
Wie es spät war, und niemand schlafen konnte, die Pferde rennen
bis sie vergessen, wer sie sind (nämlich Pferde).
Es ist nicht wie ein Baum, wo die Wurzeln irgendwo enden müssen,
es ist eher wie ein Song im Polizeifunk,
wie wir den Teppich zusammenrollten, um zu tanzen, und die Tage
waren hellrot, und immer, wenn wir uns küssten, gab es noch einen
Apfel, in Stücke zu schneiden.
Schau, das Licht hinter der Fensterscheibe. Heißt, es ist Mittag, heißt,
dass wir untröstlich sind.
Sag mir, wie all das und auch die Liebe uns ruiniert.
Unsere Körper, besessen von Licht.
Sag, wir werden uns nie dran gewöhnen.

Aus dem amerikanischen Englisch von Martina Weber

T. S. ELIOT

La Figlia che Piange

O quam te memorem virgo . . .

Biete dich ganz oben auf der Treppe dar –
Laß dich an eine Steinamphore lehnen sehen –
Flicht dir das Sonnenlicht, flicht es dir ins Haar –
Presse die Blumen an dich, überrascht von Pein –
Schleudere sie zu Boden, wende dich zum Gehen,
Laß eine Spur von Zorn in deinen Augen sein:
Nur flicht das Sonnenlicht, flicht es dir ins Haar.

So wollte ich, daß er gegangen wäre,
So wollte ich sie trauernd stehen sehen,
So wollte ich es haben, daß er ging,
So wie die Seele weicht aus dem geschundenen Leib,
So wie der Geist sich trennt vom Körper, seinem Zeitvertreib.
Es müßte mir gelingen,
Einen Weg zu finden, unvergleichlich angenehm und leicht,
Einen Weg, wie er uns beiden nachvollziehbar scheint,
Simpel und treulos wie ein Lächeln, wenn man sich die Hände reicht.

Sie wandte sich, doch mit dem Herbsteinbruch
Beherrschte sie für viele Tage meine Einbildung,
Für viele Tage und für viele Stunden:
Ihr Haar auf ihren Armen ruhend, ihre Arme voller Blumen.
Wie wären sie denn wohl als Paar gewesen, frage ich mich noch!
Eine Gebärde, eine Pose hätte ich vielleicht riskieren können.
Gelegentlich will solches trübe Sinnen
Noch meinen Nacht- und Mittagsschlaf bestimmen.

Aus dem Englischen von Norbert Hummelt

7. KAPITEL

Ansaugen und Rausblasen

MICHAEL AUGUSTIN

BEN LERNER

DIE SONNE GEHT ERMATTET UNTER, sie streicht Gesteinsverbindungen aus ihrem Blick, verleiht dem Rot dem Rot – hier hüpft der Text – ein lebhaftes Rot. Der Autor träumt davon, ein Adjektiv herauszuschneiden und es wie eine Blume hinters Ohr des Lesers zu stecken. Und *wie eine Blume* auszuschneiden und hinters Ohr des Lesers zu stecken, wie eine Blume.

Aus dem amerikanischen Englisch von Martina Weber

MAX SESSNER

Nachrichten

Nachrichten gibt es von den Gedichten
kaum mehr manchmal schicken sie
jemanden der mich abholen und an
einen Ort bringen soll den ich nicht
kenne ein Wagen hält dann vor meinem
Haus und wartet mit laufendem Motor
oft stundenlang vom Fenster aus kann
ich sehen wie er in der Morgensonne
glänzt es ist verlockend aber hör zu
da geh ich nicht raus lieber putze ich
von oben bis unten das Haus und
gehe dabei verloren Jahre vergehen
bis man mich findet das Haar verfilzt
und abgemagert bist auf die Knochen
bin ich keine Freude für Blicke und
doch ist dies besser als wer weiß wo
zu landen den Lauf einer Pistole am
Hinterkopf und mit verbundenen Augen
den Boden unter den Füßen verlierend
für alle Zeit womöglich in Angst zu leben
sie kriegen mich sie kriegen einen immer

JOSÉ F. A. OLIVER

noch

ist eines meiner Komplizenw:orte. Noch. Es schenkt mir
Entschiedenheit und Zuversicht. Ob Partikel, Konjunktion
oder Adverb. Mich reizt das Ungebändigte seines Charakters.
Ein Wort, das alle mir bekannten und unbekannten
Zeitbegriffe in sich birgt und zu entfalten vermag:
Jetzt-Vergangenheiten; augenblickliche
Gegenwartsorientierungen; heutzukünftige Perspektiven. Ins Freie
der Gedanken und Gefühle gebündelt.
Gehört dieses NOCH zur Sprache der Schönheit? Zur Inventur
eines poetischen Präsens? (¡Presente! Im
Kastilischen wird so der Toten gedacht.) Oder gehören die
Noch-Geschichten und das Narrativ des Aufbegehrens
zur wir-realen Sprache einer zärtlichen Hoffnung? Und damit doch
immer auch zur widerständischen Sprache
der Schönheit? Hoffnung ist … noch-schön. Ich habe m:einem
Liebw:ort ein Gedicht gewidmet:

GISBERT AMM

Der Dichter hat die Villanellen, er muss schreiben

Der Dichter hat die Villanellen, er muss schreiben,
muss Zeilen zählen, Sinn und Reime suchen.
Er wird nun wach bis in den Morgen bleiben,

sich spiegeln in den schwarzen Fensterscheiben,
die Reimarmut seines geliebten Deutsch verfluchen.
Der Dichter hat die Villanellen, er muss schreiben,

muss aus den Formen immer neue Blüten treiben
und immer neue Spielformen versuchen.
Er wird nun wach bis in den Morgen bleiben,

wird sich dabei viel Rotwein einverleiben
Kartoffelchips, Erdnüsse, Schokokuchen.
Der Dichter hat die Villanellen, er muss schreiben,

sich wie ein müdes Kind die Augen reiben,
bei seinen vielfältigen Weltverstehversuchen
wird er nun wach bis in den Morgen bleiben.

Heilige Bäume vor den Scheiben: Eiben,
mit Wurzeln, die nach Totenmündern suchen.
Der Dichter hat die Villanellen, er muss schreiben.
Er wird nun wach bis in den Morgen bleiben.

DANIEL JURJEW

Wolfsstrudel

(Statt einer poetologischen Abhandlung)

Nehmen wir einmal das Wort »Wolfsstrudel«
Und dienen es einem Gedicht zum Zentrum an
Zunächst gibt es da eine russische Kreiselbewegung
Aber sie hat eigentlich nichts mit Wölfen zu tun
Und Strudel reimt sich auf Rudel
Und ist was zu Essen
Idee: Im Vorarlbergischen
Sei der Wolfsstrudel eine traditionelle Behelfsmahlzeit.
Im Dschungel von Hastenichgesehn
Haste vielleicht doch einen Wirbel aus Wölfen gesehn?

Aber die kritische Öffentlichkeit will doch was zu Geflüchteten
Also geben wir ihr was zu Geflüchteten
Drei Wölfe treiben eine Hirschkuh durchs Dorf
Zu volkstümlichen Klängen aus dem Uralgebirge
Die übergehen in eine arabische Frühlingsmelodei …

»Vermeide Lyrizismen«,
Sagt der Wolf
Frisst den Mond
Dreht dem Rotwein
Den Saft ab.

Wer Metaphern zerkleinern will,
Braucht einen Fleischwolf
Und wie man weiß, ist das kein
Korpulentes hundeähnliches Raubtier,
Genauso wenig, wie Zitronenfalter
Zitronen falten, außer zum Beispiel
In einem Gedicht von Ulrike Feibig.
Im Strudel der zerwolften Metaphern
Navigiert ein Igel, verweigert sich
Anfang und Ende.

»Ein Molf mang wrei Dal ›Siau‹«,
So Martynova. Das Rudel
miaut im Strudel
Lauter begossene Pudel.

Der Wolf über einem Lagerfeuer
Die oben demonstrierten Spieße
Hineingebohrt, von unten
Und oben, schräg
Und nun können wir es uns
Auf Vorarlbergisch gemütlich machen.

dies sind unsere toten; solange sie leben, erkennst du sie verlässlich an herzschlag und atem. manchmal laufen sie und springen, doch das ist kein merkmal, oft sitzen sie reglos oder legen sich hin. auch auf ihr schweigen ist kein verlass: plötzlich beginnen sie zu reden zu lachen, schlagen im zorn mit der faust auf den tisch. oft sprechen sie, ihr urteilsvermögen GETRÜBT VON STERBLICHKEIT, viel und laut. wundere dich nicht, wenn manche verstummend gedichte schreiben, denn jedes ihrer worte kann das letzte sein: ein gedicht im zorn mit der faust auf den tisch. wem gehört die faust, wem der tisch. wem gehört das gedicht, wem der zorn, wer hat das gedicht zornig gemacht. ich habe den dichter im verdacht. der zorn gehört uns allen (so ansteckend, wie man eine scheune ansteckt), das gedicht keinem, der tisch dem haus, die faust dem dichter. lass ihn im glauben, das gedicht sei ein ausweg. nach der lesung laufen und springen alle rasch nach hause. nachts liegen sie reglos wie einen schritt weiter: dann öffnet sich die faust, der stummel eines bleistifts fällt heraus. wenn der zorn verraucht, ist das haus abgebrannt. wer schreibt auf verkohlten tischen erzählt die geschichte. am ende sind wir es selbst gewesen.

JUDITH SOMBRAY

Wenn im müdesten Gedicht der Welt
noch eine Katze vorbeiläuft
ist alles verloren. Sie brummt die Gehirne
in Besinnungslosigkeit, und alle
die es lesen, sinken nieder, lassen
den Stift aus der Hand rutschen, die Spucke
aus dem Mund, die Haare
übers nächstgelegene Kissen

Niemand hört, wie draußen der Müllwagen
auftaucht, unruhig piepend die Häuser umkreist
immer auf der Suche nach den anderen
oder den gelben Säcken
die liegen verkrackt, hängen ergeben
und nass an den Zäunen, unten schon
benagt vom Vortag

Über allem schlafen die Balkone, halten
die Wangen nach außen, die Lichter gelöscht
bis auf eins im Bad, niemand sieht es
nur die Silberfischchen wissen nicht mehr
wo die dunkelsten Winkel sind

THORSTEN KRÄMER

Auf dem Weg nach Akihabara

schrieb ich dieses Gedicht. Allerdings
war nicht ich es, der unterwegs war,
und dieses Gedicht ist nicht das, was

hier steht. Es ist der Ruf einer Krähe
am anderen Ende der Welt.

8. KAPITEL

als wäre ich Warholmaoist

WILHELM BARTSCH

Farewell, Aleppo. Sahst du? – Und Palmyra.
Mein Herzarzt Marwan zeigt am Monitor
Was kurz vorm Absturz, und es ist mir gleich
Wie einst ums Herz, als ich vor Ugarit
Ins kölnerdomtiefklare Meer sprang. Fehler
Sind oft schon Anfangsfehler, sagt der Syrer,
Dein ungereimtes Stolpern – harmlos, Unfug
Wie die, in Ton gebrannt, älteste Fibel
Schon Rechtschreibfehler zeigt in Ugarit,
Du sahst die Stadt, ein Schutt & Asche-Lehrstück?
Ach Syrien im Herzen, das schon aufhört
Zu schlagen in der Weltbrust, wozu wechseln
  Drei große Sprachen und acht Hochkulturen?
  Kein Arzt weiß, wie man solchen Abschied einnimmt.

ASMUS TRAUTSCH

Apokalypsenende

»Das Volk wurde ein Raub der Flammen. Keiner verschonte den andern«. (Jes 9, 18)
»Dann nahm der Engel die Räucherpfanne, füllte sie mit glühenden Kohlen, die er vom Altar nahm, und warf sie auf die Erde«. (Off 8, 5)

Ja, Geschichten erzählen, die alle Geschichten lodernd verpacken,
um wenigstens am Ende die Welt einmal ganz zu fassen, ins Finstere
adressiert, als Mündung aller Verwirrung: das krasse, eine Bild.

Und ja, die Zorneslust, zuzuschauen, dass alles Unrecht bestraft wird,
mit krachenden Chips
im Mund Babylons sinken zu sehen, die Superpower nur noch bei
Maschinen, Tieren, Engeln.
Einmal im Griff der Unverantwortlichkeit sein, im Sieg des Lichts,
des Ewigen.

Und ja, mit Gänsehaut hören, dass Grässliches künftig ist,
ohne Countdown für Hörer,
den Untergang feiern, Herrschaftsfinale in Blut und Plutonium,
terrestrische Splatter,
bis alles tot, gerettet, erloschen, geheilt ist, alles recht und weg und neu in
Staffel 2.

Auch diese alten Weltenbrände veralten durch Variation, der junge
Allmählichkeitsschaden
ließ sich berechnen, die Zeichen am Himmel messbar. Die Kohlen
glühten in sicheren Öfen,
als ihre Wahrheit täglich lesbar war. Die Daten zu enthüllt, der Klang zu
apokalyptisch.

Die Sonne wird weiter strahlen, die Sterne, während die Wälder
verbrennen, die Stürme rasen,
die Elenden trifft es wie meist zuerst, doch nicht nur zu 30%.
Das Gericht bleibt aus, Gott fern.
Der Teufel aber, der im Detail jedes Einzelnen steckt, hat genug
Zeit. Unser Nein ist seine Frist.

MIRKO WENIG

Richtstatt Friedenshöhe

Wir sind auf hohem Berg gebaut

Ein Hügel liegt nördlich der Stadt, und hier, so wird erzählt,
sollten Sünder ihre Schuld abladen. Als letzter Mord gesühnt
an dieser Stelle: Die Frau des Handwerksmeisters
schlug ihrem Mann einen Nagel in den Kopf. Dies berichtet

F. L. Schmidt, Chronist der Stadt, berichtet auch vom Ende
der Mörderin: In eine Kuhhaut eingenäht, so schleifte man sie
zum Richtplatz, dort wurde sie aufs Rad geflochten.
Galgenberg Friedenshöhe: von hier aus auch beobachtbar

der Einsturz der großen Brücke, damals im Jahr 1973,
vier Arbeiter starben unterm Beton.
Und würde man die alten Leute fragen, sie erzählten wohl:
der Tod kam als müder Tourist, schwer

die Treppen aufsteigend, zog sich
am Geländer rauf, schoss noch ein Foto
und machte sich wieder zum Abstieg bereit.

BRIGITTE STRUZYK

Neunzehn zwanzig durch fünfundvierzig

Jetzt endlich verstehst du
Wie das war im Krieg
Beim Spazierengehn
Immer am Fluss lang
Wo die Kirschbäume blühn
Gut, es fehlten welche,
aber die kannte man nicht,
und es war auch besser,
unter sich zu bleiben
schon wegen du weißt schon
was willst du schon wissen
wer was und warum?
Das wurde erklärt
mit geraden Zahlen
Du begreifst es nicht
Gehst wieder spazieren
Immer am Fluss lang.
Wo die Kirschbäume blühn

MATTHIAS GÖRITZ

Gloomy Sunday

1933

Niemand weiß genau
wie dieses Lied entstand
Wer es zuerst gehört
und gesungen hat und sich

dann selbst zerstört. Als Rezso
Seress es schrieb, war er da
in Budapest, Paris oder
Hamburg? Geboren

wurde er als Rudi
Spitzer. Die Melodie
ein feines blaues
Moll. *Szomorú*

Vasárnap. Stammte der Text
von seinem dichtenden Freund
Laszlo Javor? Schrieb er ihn selbst?
War es ein Kriegs-, war es ein Liebes-

lied? Wer weiß. Schattenvoll
der Sonntag. Sein Herz und der Tag
der trübe, trübe Sonntag. Sie hatten
beschlossen: es zu beenden

Viele

viele Menschen taten es gleich
Ich kann sie verstehen
Besser es selbst zu tun
als in solch einen Sonntag zu sehen

•

Aber

manchmal reicht auch ein Lied
ein Schmerz, ein Gedanke an dich
an die vielen, vielen Lieben
die wir verlieren

und an die, die wir lebten
an die, die wir immer noch leben
Rudi überlebte ein Nazicamp
und arbeitete nach dem Krieg
im Zirkus als Trapezartist

Das Lied wurde lang aus dem Radio
verbannt. Alles hat seine Geschichte
genau wie das Nichts

Ungarn hat eine hohe Suizidrate
46 Menschen aus 100 000 ermorden sich
jährlich. Wie viele von ihnen Rezsos Lied
gehört haben? Man weiß es nicht. Man

weiß überhaupt sehr wenig über uns
die wir noch leben. Jeden Tag leben
trotz *Gloomy, Gloomy Sunday*

DURS GRÜNBEIN

Auch ich kam einmal ins nächste Dorf

Und wurde beinah vom Traktor überfahren,
bevor ich ans Hoftor schlagen konnte,
worauf sich einiges in Bewegung setzte.
Zuerst ein schielender Hund auf drei Beinen,
er überquerte die Straße und starrte mich an.

Dann eine Alte mit einem Reisigbesen,
die von den Chinesen faselte und uns allen,
allen den Weltuntergang prophezeite.
Schließlich drei Glatzenkerle, schwer tätowiert,
sie riefen: *Juda verrecke*. Das galt nicht mir.

Zum Glück drehte der Wind. Eine Gänseschar
flog am Kirchturm hin und kreischte so laut,
daß die Leute von mir ließen, mich stehen
ließen wie die Vogelscheuchen auf freiem Feld.
Nur eine Katze folgte mir bis zum Dorfrand.

CLAUDIA GABLER

Bei Trockenheit wird Deutschland zur Dürre für
Feinde, Insekten singen im Sinkflug, Experten
prognostizieren plötzliches Sterben, unter Kerzen
*
herrscht bald kein Vertrauen mehr. Was können
wir also tun, um unsre Felle zu retten? Was gegen
die Schwärme von Schwärmen, die in Feuchtigkeit
*
leben? Im Dickicht der Fliegen rascheln die Wälder
in Wellen aus verottetem Laub, Kellner kommen
mit Decken zum Schutz gegen das Gift.
*
Manche haben nur noch eine einzige Frage jetzt:
Wie schwer, bitteschön, wie schwer wiegen die, die
in unseren Zentren leben? Die, die einmal unsere
*
Geliebten waren? Unter diese Fragen mischten sich
immer mehr Neuankömmlinge. Sie kamen an und
kamen doch nicht an gegen unsere Versicherung
*
von Forellen und Weizen als Grundlage für gute
Ernährung. Jemand holte Bier von der Bar, die
Stimmung löste sich unter den Zungen der Kellner,
*
Geschichtsdurst machte sich breit, Trinkwasser
traf auf durstige Seelen, Unterhaltung mischte
sich unbemerkt unter die Krümel der Bildung.

oh, als wir königlose waren,
für allzu kurze zeit, wurde uns das eine oder andere
im schnelldurchlauf vergeben, gründlich
und mit zeugnis, wies nur echte revoluzzer wagen.
dann wurde uns von einer gigantischen faust
die fresse eingeschlagen. das war der deal.
der deal, der alle deals beendet.
das war sonnenlicht in der wüste,
war ein altes, feuchtes handtuch im waschkeller.
als wir königlose waren, für einen nachmittag,
stand alles, wo es stehen sollte:
der stuhl auf dem stuhl, der tisch unterm tisch.
und wir, in reih und glied, hielten einander
bei den schwänzen, bei den brüsten
und wunderten uns nicht.

MARKUS BREIDENICH

Le Tour Eifel

Der Fantasie sind hier keine Grenzen gesetzt
Auch die Nachbarn sind leicht zu erreichen
Manchmal trennen nur Grünstreifen
die Landstraße in Ost oder West
Und bei Wildwechsel bekommt man
die Roaming-Tarife aufs Handy geschickt

Früher versetzten die Schmuggler
winzige Essensberge auf Rädern
Heute patrouillieren über den Hügeln
nur Ameisensoldaten
Und die Schlagbäume sind sonntags
von Prozessionsspinnern befallen

Die Anträge auf einen Passierschein
liegen seit Tagen hinter der Hecke
Aber in dieser Einöde
passiert einfach nichts
Es ist diese Art von Vegetation
die auf lange Sicht das Zusammenwachsen erlaubt

ULF STOLTERFOHT

krähe geht kunst

(1)

zentrale schneelandschaft mit schwertlilien, ananas und totem kapaun, dahinter verfallender tempel unter reichskriegsflagge und wimpel
sv meppen
der linke flügel des triptychons hingegen zeigt eine detailgetreue
reproduktion der hermann löns-gesamtausgabe von 1923 in flaschengrün und
braun
rechts pflegt ein blonder engel mit stahlhelm den schwer verletzten parti-

sanen. den schaut sich krähe jetzt genauer an: ist das womöglich der liebe faschist vom denkmal auf dem pincio? warm, sehr warm sogar! fast heiß! die büste des engels scheint sich, mein ich, an der femen-aktivistin galina ghosh zu orientieren. oh gott, das muss die postmoderne sein!
der partisan
jedoch, er gleicht aufs haareshaar ernst röhm. engel ersetzt dessen abgeris-

senes nasenbein durch einen eisernen abguss, was allerdings nur unvollkommen gelingt. zeitlebens eiter und problematischer schnauf. dafür den blutorden erhalten, der biographin hancock zufolge verleihungsnummer 1 seine geschlechtlichkeit lebt er im dampfbad des kleist-casinos und in der internationalen diele aus. zwischen triptychon und tür der allfällige otto

grotewohl-torso aus gothaer produktion, mehr was fürs herz als fürs
ästhe
tische empfinden. direkt neben dem thermostat eine knochenskizze von dominik steiger sowie einige exzellente blätter aus der yonkers-phase dieter roths. apropos grotewohl: er war (laut egon bahr) als verwandelter aus karlshorst heimgekehrt und hatte sofort mit »menschen der stille« begon-

nen, einem zyklus von acht ölgemälden. in der grotewohl-villa am maja-
kowskiring hatte krähe zum ersten und einzigen mal seine dichtung
»rotten-
mann pfannenschwamm« zum vortrag gebracht: 3000 westmark–
ein ach-
tungserfolg! dort lernt er auch seinen späteren mäzen und wohltäter ken-
nen, einen mann aus dem steirischen klerikaladel, den jesuiten
kalkbrenner.

(2)

sonntags wie üblich frühschoppen mit tanz in der eierschale zenner. an
den
wänden veritable hämmer von oskar schlemmer, in treptower hängung.
apro-
pos schlemmer … – nein, nein, ganz falsch! apropos sv meppen! hier folgt
die aufstellung vom 7. Oktober 1989, einem heimspiel gegen die stuttgarter
kickers: rülander – böttche – deters – faltin – klobke – rolfes – vorholt –
menke –

rusche – van der pütten – thoben. entstand 0:1. krähe hatte das
mannschaftsfoto
detailgetreu abgezeichnet und es seinem bruder zum geburtstag
geschenkt. da
war die freude dementsprechend groß. diese orgie in mittelblau und gelb
mar-
kiert einen endpunkt. begonnen hatte alles jahrzehnte zuvor mit kleinen
skizzen:
»deutscher wald erhebt sich hinter kapitalem keiler«, »selbstbildnis im
hermelin«,

»advents-binokel im clara-zetkin-haus sillenbuch« und der mappe »neun radikale
trinker« (jahresgabe des württembergischen kunstvereins), sowie seiner warhol-
adaption »da war schnee auf der straße«. beim sommerfest der akademie duscht
krähe erstmals nackt – eine riesige befreiung! um seinen wandel zu finanzieren,
sitzt er jahrelang modell für die klasse dr. kommerell. beginnt ein verhältnis mit

der performerin kostic (spätere lunkewitz). der beziehung entwächst ein junger
specht. krähe bestreitet die vaterschaft, und kostic gibt den specht ins kloster nach
split, wo er prächtig gedeiht. bringt es bei jugoplastika bis zum prokuristen. doch
nun zurück ins zenner. nach seiner flucht in die ddr hatte krähe hier als gigolo und
eintänzer gewirkt, in späteren jahren bildet er mondrian-klassiker eurhythmisch

nach, bis ihn eine beinnervenlähmung stoppt. der »merce cunningham von müg-
gelheim« mottet seine tanzschuhe ein. in all den jahren nur einen einzigen früh-
schoppen verpasst (prostata), pfeift er bis heute den sportpalastwalzer und kündigt
durch händeklatschen den treptower vorzugstanz an – ärmeren paaren ist es dann
gestattet, für gerade mal zwei groschen mitzutun. bezahlung bitte bei krähe direkt.

MARCUS NEUERT

knoecherne fistel. floeten kreischen

ihr habt doch wohl alle die *locken freistehen*, freunde. nein,
niemand kriegt mich hinter dem *elektrischen ofen* hervor. dass
ich manchmal *frenetisch kloene* hat nichts mit redegewandtheit
zu tun, ich bin nur ein *fonetischer enkel* der grossen rhetoren.
nein. ausser es winkten *koestliche fernen* und es hingen eh schon
ein paar *elektronen schief*. dann wuerd ich vielleicht den zipfeln
meines *rockes entfliehen* ins blendend helle. ihr habt doch wohl
alle die *locken freistehen*. bei solch starker *schneereflektion* darf es
doch nicht an *trockeneis fehlen*. ich soll eine *konifere schelten* dafuer,
dass sie keine *fleckenhortensie* ist und auch kein heckenrosenfilet?
bestaendig hoere ich *floeten kreischen* und durch die kabel
des *telefons kriechen* verwachsungen wie eine *knoecherne*
fistel. im aquarium schwimmen *nelkenrote fische* bauchoben.
und ich soll nun haie hueten und *rochen festkeilen* fuer euch?
ihr habt doch wohl echt alle die *locken freistehen*, freunde.

DIETER M. GRÄF

Weitermalen

ich möchte unsere Bundeskanzlerin
malen, als wäre ich Warholmaoist. Dieses
Bild könnte dann überall hängen,

in jedem Amt, auf Plätzen, an Bushaltestellen,
bei dir zwischen Kapitänin & Pony;
in der Brieftasche. Würde

Geldscheine hinzumalen,
paar Menschen rein, soll nicht
aussehen, als hätte die Neutronenbombe

gesprochen; mit Masken bedacht.
Niemand erschrecke, der-die Angst/Wut hat,
vorm Deutschen, Mann … oder denen,

die per *Bunga bunga* einen schönen großen
Schein einfach so in den Wind legen
& gleich noch einen. Lasst sie doch,

ist nur gemalt, gedruckt, erfunden.
Ermale gerade Tausender, mit
Arabesken aus der Technozone, ich streng

mich an: fürs bedingungslose
Grundeinkommen – eures. Wollt ihr doch,
nach dem dritten Stipendium eh. Dafür

schuften die Neger gerne.
Ich male jede/n von euch so bunt,
wie er-sie sein möchte. Eher queer, oder

mit Kopftuch, Kippa?, töne
alles ins Hippe, weiß ja,
was die Stunde schlägt. Soll ich

nachts, wenn Gute schlafen, wirklich
diesen querschnittsgelähmten Maler bringen?,
mit für ihn entwickelter Schiene,

so dass seine Linke die Malerhand
führen kann, seit dreißig Jahren. Schaut
euch den großen Künstler an, wenn

Facebook aus ist, traut euch,
hier müht er sich aufs Klo, hier
hilft ihm die Frau, los, malt mit,

malt tausend Bilder seiner Tage, Nächte,
Kämpfe. Ich male dann, wie
er im Rollstuhl sitzt

vorm Nacktmodell, kann zwar nicht hören,
was er quakt, doch male ihm mal
die schlechten Sätze, & male die,

die seine Bilder abhängen, ihre
rechtschaffenden, fortschrittlichen
Gesichter. Wollt ihr sie sehen?

ELKE ENGELHARDT

Boxer

So war es wohl
Gott sah ab von jeglicher Notwendigkeit
und erschuf mich und meinesgleichen
die wir getrieben vom Zweifel
damit fortfuhren im falschen Moment zu schweigen
zwischen den Zeilen zu lesen
was wir uns selbst zur Last legten
unser Ungenügen klar wie Wasser
zu klar um wütende Reden gegen sich selbst zu führen
zu durchsichtig für den erlösenden Schlag
Gefangen in erwartungsvoll tänzelnden Schritten

WIEL KUSTERS

In Städten und Dörfern

Man weiß nicht halb
was im Schweigen
vor sich geht; genau
so wenig wie und wo
die Welt sich dreht
– ja, *wo* – und fürchtet
dass die Stille
wie das Dröhnen
keine Grenze kennt.

9. KAPITEL

Mir geht die Flugsalbe aus

ROSA BOTH

Mittleres Glück

fremd zog ich ein
fremd zieh ich aus
ganz nach der alten weise
gingen jahr und städte hin
namen, die langsam verblassen
halb hier, halb da
und nirgendwo ganz

frei und doch seltsam verlassen
verrücken die orte die welt in mir
auf ungeahnte weise
unwiderruflich und leise

IRIS LILJA SCHMIDT

Hundskamille

wir Kinder hatten den Kopf in
den Wolken und die Füße
im Dreck bauten Rodelbahnen
auf Schutthalden und staken
im Morast der Kohlebecken
im Schlamm der durch die
Adern unserer Väter und Großväter
floß die fraßen den Ruß und Staub die
fraßen den Tod und die Zeche
fraß Menschen

mit schmutzigen Fingernägeln
schon waren wir zur Welt gekommen
hatten den Kopf in den Wolken und
die Hände im Dreck die wusch uns
die Mutter die wurden niemals sauber
- Bergmannshände –
die hinterließen rußschwarze Flecken
auf dem Weiß unserer Schulhefte

wir hatten den Kopf in den Wolken
und die Hände im Dreck wie eintätowiert
wo Blumen täuschten Schönheit
vor gepreßt aus Grabeserde
- Hundskamille –
die wir pflückten zum
Muttertag zum Vatertag
die verwelkten in Vasen
ohne Duft eine Fälschung

ANDREAS HUTT

Früher waren wir Streuobst,
liebten es, wie zufällig auf unsere Plätze
zu fallen, unter Eichen

lebten wir als Räuber von vermodernden Blättern,
Gendarmen, die mit Ästen schossen.

Sommer schlossen uns
in ihre Arme ein, Mütter

milde vom Abendrot wuschen Kleidung,
vergaßen melancholisch zu sein

wie die Väter,
die den Feierabend mit Taschenrechner planten.

von der abwesenheit des waldes
wurde nichts gesagt

im Sonnenuntergangslicht
in Sichtweite von Bäumen.

MARIUS HULPE

morgenrundgang, fahle hecke
längs des schummrigen kanals; versuche,
um's erinnern betrogen, halbe

jahreszeiten knapp vernäht
in das verstummen. mit einem
mal die sätze gestrig, atem- &

überlebensversuche; in wahrheit
& gelb; auseinandergezerrt, pferde
des irrsinns, reißen, streben

voneinander fort. spuren in alle
himmelsrichtungen, schweife
im aufbruch. & schon wieder
in der dunkelheit.

NANCY HÜNGER

war gegend

da ging ein riss durch ging ein schuss durch ging
durch den fluß ging einer flußseits ging der so
wie ein schuss quer durch ein land geht vielleicht
so ein krieg von vätern getauft so ein krieg gegen

die söhne die abseits stehen im riss stehen die söhne
den vätern gegenüber während die mütter den schnee
keltern oder blut oder beides und aus den tassen lesen
den schnee oder blut oder beides schreibt man

nun nicht mehr das schreibt man nun beides falsch
nur die mütter sind wahr oder wach während der wind
oder war es der schnee während der wind sie durchheult
bis auf die unteren hemden bis auf die knochen reicht

dieser riss geht von geburt an geht durch die sprachen
hindurch wie durch ein land vielleicht so ein krieg
der geht durch alles einfach hindurch letztlich
ein schuss der die knochen unwiederbringlich durchheult

so könnte es gewesen sein so war es nicht so schreibt man
es nicht mehr wenn man noch schreibt dann nur falsch
und lässt die söhne die väter auch den krieg nur krise sein
das ist wesensverwandt aber ungefährlich nur

die mütter lassen wir am schluss einfach stehen

KARLA REIMERT

Oui share

Erst flog ich aus der Company. Dann flog die Company aus mir.
Mit letzten Brotjobs baute ich nordische Biobäckereien auf.

Familien als Co-Working Spaces, Börsen für aufpolierte Eltern,
staatlich finanziertes social freezing, Freelancer-Frühstücks mit

Hochleistungs-Sperma aus dänischen Datenbanken.
Und natürlich ein Anti-Tinder für platonische Leihfreunde.

Sich selbst beim Aussterben zusehen,
war als Partyspaß fast so gut wie echter Sex.

Gesucht war eine klimafreundliche Perspektive auf Kinder.
Ungefähr so begann das Tauschen der *tangible goods.*

Die Technik versprach wunderbar veganes Breitband,
Schwärme von optimierten Kunden in jedem Segment.

Die Frage nach dem gesellschaftlichen Status
der Roboterkollegen blieb unentschieden.

Ohnmachtsgefühle auf Leitungsebene, Machtphantasien
ehemals privilegierter Gruppen,

und nicht überall war der Zerfall der Zivilisation
ästhetisch schon so kompetent wie in Detroit.

Einmal im Monat traf ich mich zum *kreativen Sprint.*
So hieß, was von der Arbeit noch übrig war.

Den Rest der Zeit ging ich in schwedischen Schären
mit freigelassenen Lachsen baden.

Leuchtende Neoprenanzüge,
in der Pantone-Farbe *living corals.*

GUY HELMINGER

Einstellung

Schon seit längerem stelle ich bei meinen
Mitmenschen eine gesteigerte Sensibilität

für Soßenbinder fest Ansonsten drehen
sich die Gespräche um die finanziellen

Rennstrecken der Steuerberater oder Liebe
die aufgespachtelte Zuwendung ans

Dachgeschoss Sie sind schwer zu bewegen
Meine Frau und ich reden höflich

mit den Stadtplänen falten und zerren
an ihnen aber ihre Faser ist zäh und

sie ändern sich selten Auch die Idee eines
laubbläserfreien Herbstes findet keine

Zustimmung Dafür hat meine Stimme nun
die Form eines Glascontainers angenommen

für den Bestand der Unterschiede und
gegen die Aussöhnungsgier der Dialektik

An der Fassade lehnt die Sackkarre
und blickt nach China

KATHARINA SCHULTENS

Mir geht die Flugsalbe aus

ich denke über großschreibungen nach, über wirksame flugsalbe,
fast aufgebraucht, moonlighting als mückenschützerin.
siehst du: man kann das gendern, herz. doch, schon.
ich kann ja alles, nur nicht reduzieren
vor allem kein material, das ich nicht habe,
ich kann produzieren, honig, milch
einen bienentanz improvisieren, ich bin
immer jene, die du gerade nicht suchst
mein herz. mein müdes, morgens
chronisch erschöpftes, kaum behaartes herz.
wenn du erschöpft bist, bist du dann gleich leer?
wem hast du dein quellwasser geschenkt, hast du
parties damit getränkt oder ein letztes gedicht?
jetzt meinen wieder alle, ich spräche über mich. ach.
mangelerscheinungen in: phantasie, kosenamen. diese LEUTE.
du könntest mir, herz, anbieten, den kirschbaum deiner mutter
zu beschneiden. du könntest fachgerechte milchleistung und gelee
anfordern. ich fühle mich nicht unzuständig. ich tränke deine ausläufer
schweige an gerechten rändern des gesprächs. ich bestehe auch nicht auf
optionalem aderlass, vergrabe meine hand in deinem blutigen haar.
siehst du, jetzt rufen sie dich. siehst du, jetzt kommt die düsternis zu uns.
siehst du, jetzt kommen sie nach dir, in ihren blicken und in ihrer gier.

VERICA TRIČKOVIĆ

FREMD|W|ORT | 1

ich bin der Einstich in all seinen
Gestalten, jeden Morgen beim Waschen
schaut mir über die Schulter meine kleine Schwester
sie wächst wie bewachte Birken auf Füßen die sich recken
als sei die Zeit ein formloses Glasgefäß und undurchschaubar
mit ihr auch das was durch sie hindurch fließt. sie mäkelt indem sie
versucht mir den Mundschutz von der Nase zu reißen, wo erfahrbarer
wird mein Japsen, als fahre ich schwarz. sie ist wach wenn ich schlafe sie
warnt mich vor Alpträumen wie zum Beispiel heute: früh war ich aufgesta
ging hinaus, indem ich dem Specht zusah sich mit dem Schnabel in den Ba
in dem es wimmelt vom inneren Sprechen wo sich still auffalten zersplitte
hölzerne Erdrufe die ich von mir hätte abgeschüttelt die mich von mir hät
dennoch ist es hier nicht anders: das Revier trägt Schnurrbart die Pranke
Schulterblatt, das sieht aus als würden sie schützen als seien sie zu etwas i
das längst verlebt ist und dennoch stehe ich im Vorratshaus als es wimme
Gedanken wie von unaussprechlichen Lücken die sich stopfen lassen wie
stopft verflechten verspinnen zittrig unsicher gleichsam wie ich das Fremd
das hin du dich aussprichst dich hättest aussprechen können was uns wer
wäre anders als blindlings zu erkennen: ich betrete fremdes Wort stelle m
mitten in seinen Raum halte still erzittere schließe die Augen in der
Steinhülse die ich bin in der es wimmelt vom Klang wo rundum
narbige Erde Hügel worin ich im Übergangsstadium mich
befinde verfallene Fabriken lose Grenze die ich sein
könnte die ich sein sollte ein beschriebenes Blatt
ein Zaun im ABC grenzender Flüsse.

:eln
lüpfen
;elassen
n sich fest ins
ung gesetzt
äandernden
llsocken
ı über
:ht

MARKUS KEMPF

geld

meine mutter hat über jahre
in der sparkasse um die ecke geputzt.
manchmal war ich mit. ich leerte die papierkörbe aus,
dann wurde mir langweilig und sie gab mir eine mark,
damit ich mir im fischgeschäft gegenüber
einen rollmops in tomatensoße kaufte.
einmal guckte ich zu, wie sie den tresorraum putzte.
ich dachte an das geld und unsere stube,
die dünnen wände, nachbarn, was die dachten.
meine mutter durfte auch das essen mitnehmen,
das mittags von den bänkern übrig blieb.
das haben wir zum abendbrot verschlungen.
es war in verschließbaren metallbehältern,
die fast wie geldkassetten aussahen.

JAN KUHLBRODT

Birnen

Die eingekochten Birnen meiner Großmutter Marga
eigentlich hieß sie Margarete waren köstlich

und Marga hatte drei Geschwister zumindest sind mir
ihr Bruder Ralf und ihre Schwester Ruth noch bekannt

und die kleine Monika die den Krieg nicht überlebte.
Meine Urgroßmutter erfand so hieß es in der Familie

wenn es um staatliche Unterstützung ging
gern noch das eine oder andere Kindlein hinzu.

Sie sei sehr überzeugend gewesen.

waldstadion traktor langenberg

seit dem sturz trag ich das mal
der aschenbahn in meiner hand, ich

nannte es: den schlangenbiss.
jeder wusste, woher, aus
welcher grube diese schwärze
kam & lange wusch ich die wunde
im bach. ich spürte die kühle
der schatten im nacken:
die eichen, der hausberg, das waldstadion –
ich spielte bei den »knaben« (später »schüler«
»jugend« »junioren«), ich war
verteidigung, dann mittelfeld, kein
linksfuß, aber immer links, ich spielte

mit uran im urin & zerschlagenen knien
auf dem schlackeplatz unserer lieder

MARA-DARIA COJOCARU

Notiz zu Cyprinidae xx
01.09.19 – 7:45
Breite: 48.09 Länge: 11.67
München, Grünsink

Das Quetschwerk in meinem Herzen
Treibt mich alten Backfisch in Hungerform
An stillgelegte Orte. Hier ist noch was
Von Jugend: mehrsömmerig die Erinnerung

In der Kiesgrube zum Beispiel
Die Nachfahren der Enten
Die wir damals nur gestört haben
Putzen sich im Schilfschatten wach
Heute kenn' ich ihre Namen, ihre Wunder

Es ist ein Schmatzen in dem ganzen Teich
Zwischen den Tausendblättern
Die wir unbeschrieben lassen werden
Ährige Erklärungslosigkeit
Ich gehe in die Knie

Ein heller Fisch kommt aus dem Dunkel
Des Grundwassers geschwommen
Als ob er mir was sagen
Wir haben den Moment, erkannt
Ich werde diesen Lichtkarpfen nicht verraten

Jetzt breitet sich schon wieder
Hoffnung in mir aus, wie ein Neozoon
Und ich lauf' vorbei
An der Stelle, wo wir jung und schleierhaft
Gezeltet haben. Dort stehen Goldruten nun
Hohe Wache, auf dass nie wieder hier
Ein Mädchen sich derart verliere

SEBASTIAN UNGER

Der Finger fährt vor die Reden

Geht er an den Schwachstellen spazieren
an den Kniekehlen
kitzelt ein schwenkbares Gras
die Gelenke im Astbruch machen es vor
man muss sich nur gut verteilen

Der Haufen Laub, der zum Vorwand z. B.
den Igel in seinen Gedanken vergräbt
die Kindheit ins Kinn
erinnert sie sich
erinnert sich wie von allein

Dann geht es: der Finger fährt vor die Reden
die Reden treiben
den Horizont vor sich her
so wird er mitgesogen, bewegt es sich fort
bewegt er sich wie von allein

CARL-CHRISTIAN ELZE

aus dem Zyklus »panik paradies«

so viel falsches und gutes in einem.
heillos heilig verpackt. was überwiegt?
nichts bleibt in der schwebe auf dauer.
alle figuren werden sich zu ihrem ende
entwickeln. keine figur verlässt das spielfeld
als dieselbe figur. etwas kommt ins rutschen.
etwas wird die wippe mit der faust oder
dem herzen nach unten schlagen oder
vorsichtig drücken. etwas wird dem kind
mit den aufgeschürften beinen die restliche
haut abziehen oder ihm einen verband
anlegen wie in alten fast vergessenen zeiten
eine süßigkeit reichen, die den schmerz
besiegt wie ein spatzenhals die guillotine.
etwas wird überwiegen. nichts ist dafür
gemacht zu lange zu sein so viel falsches
und gutes in einem. nur ein zustand
äußerster kürze.

10. KAPITEL

und dann lässt sie los

TIM HOLLAND

aus den kontaktaufnahmen 2

äh, ich will keine sehfehde starten, aber darf ich mal schauen? oder wie lange muss ich zaudern? hast du mich erfasst oder liegst du noch auf der lauer? meine wimpern, mein widerstandsnest, und der ganze blasse rest im neonlicht, das bin ich. und ich darf ich sagen. ich, weil es dich gibt. und du bist, aber jetzt, neu und sexy, gold? resümiere: du und ich sind aus dem wir gedropt. das hattest du auch beantragt und wurde von der SOZIALEN INTELLIGENZ bestätigt. keine sorge, das ist kein wirverrat. liest du mich? ich und du sind wirentknüpft und zeitgleich in neue pronomen geschlüpft. das ist das triumvirat: du und ich und dieser fick. kommende gefühle dürfen wir jetzt single teilen. also schwell nicht so, wir stehen bereits knietief in der party und du hast definitiv zu viele zehen – was willste denn mit denen? kontrolle, da bin ich dagegen, aber greifen ist hier nicht. ebenso wenig fortschritt. halt einfach die stellung und trinke. ich verlinke derweil meine oberflächen und öffne meine lust. aber zur betrachtung ist anmut fällig. zieh deine schläppchen an, zieh die lefzen hoch.

KARLA REIMERT

Welche Leidenschaften formen uns zu Geliebten?

Im Traum verwandle ich mich in Männer und Frauen, die ich liebe.
Sie entsteigen einer Schale heller Trauben,
sanft wie Huris in Gedichten Rumis vom Paradies.

Unschuldig und früh trennen wir uns.
Das Meer ist immer nah, und Zärtlichkeit grün,
schwer von Chlorophyll und eingefasst wie Meereslicht in Smaragd.

Erzähl, welche Leidenschaften formen uns denn zu Geliebten?
Erst kommen Tugendschatz, Staubherz und Verlust von Schutz.
Weißes Gottesauge. Frost, der im Körper hungert.

Einen Schritt weiter hören meine Tauschgeschäfte auf.
Wenn ich Haut auf Haut lege, koste ich von Verklärung.
Das Geschlecht verwandelt sich wie die Farbe von Haar.

Im Traum versöhne ich das, was kommt, mit dem, was lebt.
Mit dem, was in Kernen bleibt, wenn einer alle Süße löscht.
Mit dem Weltenwundergang, der Vergeltung überwächst.

Am Morgen schneide ich frische Trauben. Schmücke die Schale.
Was immer Gold Alchemisten bedeutet:
Diese Reben wissen besser, wie man sich erleuchtet.

DIRK VON PETERSDORFF

Fahrrad im Winter

Alle Wege morgens gefroren, Schneematsch
hart geworden, Kanten aus Eis, sie holpert,
rutscht, es knackt und knirscht in der Stille über
Rinnen und Rillen.

Taube Ohren, Ohrenschützer wer weiß wo,
Lenker halten, aber auch locker lassen,
spiegelnde Fläche lauert dir entgegen –
oben geblieben.

Diese lange Hecke vom Reif bezogen,
Rauch als Platte überm Gewerbegebiet,
und am Himmel, hebt sie den Blick noch weiter,
fransiger Rotstrich.

Vorne, da wo der Schnee als Decke liegt,
wird es knistern, wenn sie hineinfährt, und dann
und dann lässt sie los, aufgerichtet,
öffnet die Arme.

HASUNE EL-CHOLY

VIELLEICHT WIEDER ÜBER KRÄNE REDEN,
auf dem weg über dein schweigen in meinen
brustkorb summen; darüber schreiben, warum
hier das halbe wetter im argen liegt.

& warum nicht wieder schwere geschütze über
diese straßen, über das schlachtfeld fahren,
über die halben tage aus wolken, über die
tausenden arten deine art zu beschreiben,
nachdenken, um doch wieder nur zu verstummen.

zur späten stunde tief im u-bahnschacht, in
deinem schatten noch einmal atem holen &
sehen *ich war hier, aber wo warst du* steht
immer noch auf den kacheln geschrieben.

BARBARA MARIA KLOOS

schaut, so fährt die liebe dahin

wir schneuzt. wir tritt ins tandem.
der geistrolle entlocktes männchen.
sie säuft das schiff aus der flasche.

absolut und überhaupt kein penis!

aber du. quak. negro amaro. quak.
blutgold. säuretanker. quak. quak.
sex schlachten. wir sinkt. verreist.

MICHAEL WILDENHAIN

Linkshändig

Wenn meine Mutter versprach
warte bis Papa heimkommt
roch ich den Odem der Schenkel bis hinauf in den Schritt
zwischen den Knien den Kopf an den Ohren fixiert
knapp überm Steiß fasst seine Hand meine Finger
Trost oder Takt Lüge und Fakt mir tut es mehr weh als dir
Talkumgeruch seines Skrotums Garn aus Trevira

KERSTIN HENSEL

Trödelhexe

Herein meine Herren ins kleine
Reinliche Zimmer

Der Ausverkauf Margaretes
Aschenes Haar
Adams erste
Fickpuppe Marke Lilith
Im Schornstein hängend
Des Pudels Kernwaffen
Dutzendware
Dolche & Drugs
Honour & Blood

Neues? Das ewig Gestrige
Zieht uns hinan

KATHRIN BACH

8.3.19

das Kind an meiner rechten Brust, im Traum,
wie ich es mir umgebunden habe, ganz fest,
an meine rechte nackte Brust
es ist mein Kind, träume ich, ist meine Brust, träume ich
es ist ein Kind, das nicht schreit, nie, träume ich
ich habe es immer bei mir, im Traum,
wie eine zweite Brust auf meine Brust gebunden, rechts
und am Abend, träume ich, löse ich Schicht für Schicht
den Stoff, der das Kind an meine Brust bindet,
es schreit nicht, nie, ist winzig geworden, das Kind,
kaum größer als meine Brust, rechts,
ist an meiner Brust verschrumpelt, träume ich, verdörrt,
eine Hautschicht, mein Kind, leer, als wär die Luft raus

EMANUEL SCHNEIDER

JÁNOS SAGT, das Glück hängt manchmal
in den Bögen einer alten Feldsteinmauer oder fliegt
mit einem Faustball übern Dorfplatz.
                                                    János sagt,
wer nie in einem Schlafanzug aus goldenem Flanell
zur Niederpleiser Burg flanierte, der hat nie
gelebt. Und János sagt, die besten Freunde
sind oft philosophisch unbescholten und vom Skeptizismus
unbeleckt.

János sagt, die größte Stille findet man in der Musik,
nicht in der Sprache (im Gedicht?) und auch nicht mehr in der Natur.
Kein Schweigen ist so leise wie die Pause vor
                                                            dem letzten Satz.

MARCEL BEYER

Blaue Noten auf weißem Papier

Von mir aus muß sich niemand
mehr die Haare machen.
Von mir aus gibts jetzt jeden
Tag nen Blumenstrauß.

Wie schräge Vögel sich die
Stirn frisieren: Leute,
vielleicht macht ihr euch euren
eignen Reim darauf

im Blatt – Blättchen sind eine
völlig andre Sache.
Fortan will ich der Töne
leichte Beute sein,

nur wer nen guten Ansatz
hat, kann auch parlieren.
Von mir aus streiche ich mit
meinem Pork Pie Hat

nun jeden Tag ums Haus, durchs
Viertel und vergleiche
– moonlighting dort, sitting in
hier – die Jazzkeller

von Wuppertal bis Dortmund
bis nach Wanne-Eickel.
Von mir aus schmeiße ich in
Zukunft jede Nacht

zum Kehraus eine Saalrunde
Ballantines. Oder
drei. Oder vier. Denn ich bin
der Töne leichte

Beute, und von mir aus gibts
zum Frühstück ab heute
jeden Tag blaue Noten
auf weißem Papier.

GERALDINE GUTIÉRREZ-WIENKEN

Exuberantes Gewächs

Ich entdecke immer wieder längst vergessene
Teeschalen mit Rissen, kleinen Adern und Deltas eines alten
leeren Gartens, den ich mit meinen Händen halte, eine
Schale nach der anderen. Dünne neue Adern
kollidieren nie. Dauernd bilden sie alte
Risse. Dauernd Wasseradern. Meine Teeschalen sind voll
vergessener Verluste, auch die, die keine Risse haben. Ich
halte sie fest. Ich habe sie
verloren. Eine Notiz mustert mich, will mich retten, sie kann
mich nicht retten, ein Blatt im Wasser, sagte meine Mutter,
gedeiht alleine.

11. KAPITEL

in die Nachtöffnung

MIRKO BONNÉ

Nachtöffnung

Regen, ein Gefühl,
und die mageren Nebelpferde
knapp überm Erdboden.
Da sind wir aufgehoben, alle
traurigen Gestalten eines Lebens,
unter einem Baum, der bleibt,
und über den gelben Wassern.

Durch uns segeln
die Mauern hindurch
in die Nachtöffnung,
mit einem Mund, der aufgeht
und der uns sagt, die Brücke,
hier ist sie zu Ende. Und ins Moos
auf dem Handrücken kratzt der Wind
lesbare Regungen.

TRISTAN MARQUARDT

auszüge eines schlafkatalogs

▸ einschlaf

eine art schalter, der im innern liegt, betätigt von mir ohne mich. lässt sich aktiv nur suchen, nicht finden. ihn umzulegen, ist handlung als handlungsverzicht. etwas zu lassen zu tun. schafe in etwa, zahllos zu zählen. gedankenlos denken. ausknipsen mich, schlaf an und dann stehen, an der schwelle zur diesnächtigen gegend.

▸ tiefschlaf

phase, in der man, wenn der schalter umgelegt ist, vergessen hat, dass es ihn gibt. zu entrückt, wie man ist, vom schlaf, weil schlaf sich gesteigert hat: erst schlief ich und jetzt schläft mein ich. folgt tiefschlaf auf einschlaf, war mein erster schritt in der gegend, mich auf der schwelle schlafen zu legen. kein schritt. erster schlaf im schlaf, erste der nächte der nacht.

▸ traumschlaf

phase danach, tage der nacht. aufwachen im schlaf, die augen sich reiben am lid. unwirklich dinge wirklich erkennen, im dämmern des traumlichts. ihr kauern, auf verarbeitung lauern. schlaf, der sie weckt. traum für traum wach macht, was sich in mir, als ich wach war, schlafen gelegt hat. fetzen von gestern, loveding vor jahren, zu traumstoff verbunden. mich derart verwickelt befinden. rastlos verfolgen, was sich entspinnt. lose fäden, knäuel an handlung, die mich behandelt. deren behandlung ich bin.

► **ausschlaf**
den schalter umgelegt lassen, schlaf schlaf. alle zeit sich nehmen, dass der letzte abend der nacht auslaufen darf. abwarten, bis alle gäste sich von sich aus verabschiedet haben. phase, nach der man von innen aufwachen kann. seltene zeit. bleibt sie aus, droht der abbruch eines traums. verschlossen der raum, in dem sich die offenen traumenden stapeln.

► **verschlaf**
verirrt in den phasen, keinen zugriff zum schalter mehr haben. unfreiwillig ausschlafen, weil gesteigerter schlaf sich gesteigert hat: erst schlief ich, dann mein ich und jetzt schläft mein schlaf.

► **halbschlaf**
den schalter zur hälfte nur umgelegt haben, weder an- noch ausgeknipst sein. bei dem, was man sieht, nicht wissen, worauf traum-, worauf wach- licht liegt. die sicht driftet, das bewusstsein auf kipp: nicht mehr / noch nicht fähig zu steuern, welche dinge im gedankenstrom treiben, aber sie und sich zu lenken in ihm. schwimmen im unbestimmten. halb ich, halb bei mir, nur zu halbem imstande. sich auf- stehend hinlegen. keinen halt haben, aber sich halten darin.

▸ **wachschlaf**
variante von halbschlaf. schlafen, ohne eingeschlafen zu sein.

▸ **weiterschlaf**
variante von ausschlaf (aktiv) oder verschlaf (passiv). beim aufwachen eingeschlafen sein.

▸ **sekundenschlaf**
variante von einschlaf, möglich als folge von wachschlaf. erst beim einschlafen einnicken, dann beim einnicken aufwachen. seine kürzeste form:

▸ **aufschlaf**
vom einschlafen aufwachen.

RÓŽA DOMAŠCYNA

Das einzig akzeptable im nicht

heute nacht warst du bei mir
wir wurden nicht eins lagen
still zwei raupen aneinander
gepresst jeder spürte das pulsen
im andern als geräusch aus der mitte
wir nannten es: vor dem schlüpfen

LEA WAHODE

0
nachts wird das atmen :|| schwer
unter den schlägen der Helikopter wir spüren:
unsere körper imprägniert, gefühle abgepackt in tränendichte Körperorte
wir schlafen um nicht zu fühlen
wir schlafen nicht
fühlen nicht schlafen wie schlaf fühlen
wir schlafen
wir fühlen schlaf nicht
wir schlafen und reden uns ein: Energie sammeln
run and jump, herzchen steigern für übermorgen, den Sommer

unsere hashtags verbrennen Netze, Gebäude, Pappkartons.

I
wir schieben grenzen
tragen Gewalt als Halstuch & Uhr
                    Mama, nach den Schüssen gehe ich ins Bett
& Wut in Gießkannen, mit Sprühaufsatz
                    Benutz' keine Sonnencreme
wir gießen mit aufgelöstem Backpulver die angst
                    Fass dein Gesicht nicht an auf keinen Fall
die angst von den augen
lösen uns auf im laufen
zwischen zischenden Kugeln blassen Palos in weinender Luft

eine Zitrone tröstet die Schleimhäute
& wir verstehen ihre Chemie nicht

mit getränkten verschenkten Tüchern ertränken wir die furcht
vor unseren Mündern:
Baumwolle Backpulver [*bicarbonato bicarbonato*] und limón für die Tiere
in den Straßenknöcheln:

Guanaco: spuckt fließende Stadt, gepfeffert mit Tränen
zorrillo: seine dämpfe vertreiben mit Töpfen und Handschuhen der Gärtner*innen
aus Grünflächen Wohlstandsquadraten barrio alto

das Rezept: geerbt aus ww1, kommerzialisiert, beworben mit Schmerzskala & Tränenradius
schickt Körperkrämpfe aus 30 Jahren September

II
nachts wird das atmen schwer
unter den schlägen der Helikopter ihr blättern in luft ständiges wacheinbleiben wachschlafen
wir spüren: die Zellen imprägniert, Emotionen abgepackt in tränendichte Körperorte
wir schlafen um nicht zu fühlen
wir schlafen nicht wir fühlen
schlaf nicht
& reden uns ein energie zu sammeln für über morgen den sommer das schaukeln durch eintage

III
unsere hashtags, Plakate verbrennen netze straßenschilder Pappkartons einen rücken.

DOMINIK DOMBROWSKI

Einschlafessays

Wir gingen nicht mehr allzu oft zusammen ins Bett aber wenn
        blieb mein Blick / an deinem Rückgrat hängen
als betrachtete ich ein Salvador-Dali-Bild

        Wir erzählten uns Einschlafessays
über die letzten Filme
        die wir gesehen haben zum Beispiel die schöne Langeweile
die von *Blade Runner* ausgeht
        oder wie man das Ende von *Joker*
hätte besser gestalten können
        Irgendwann drehten wir je an unserer Wand durch

Und du sagtest meinst du
        wir werden einmal wieder so ficken wie früher
bevor wir ins Gras beißen

        Ins Gras beißen erschien mir da
plötzlich wörtlich und es ging
        eine Verheißung davon aus
eine Art geborgte Erleichterung

        Ins Gras beißen sah ich mich plötzlich
aus dem Bett robben voller Morphine
        in meinen letzten Zügen
in einem Krankenpark stranden
        um dann an außergewöhnlichen Wiesen zu lecken
& dort staunend niederzuknien
        um endlich wiederkäuend einzuschlafen

Als Letztes spürte ich noch
        mein schmerzendes Ohr
wie es am Ende der Erde
        gehorchte und wie
ich mit dem Wind blinzelte
        in den Gräsern als du
dich zu mir umdrehtest und ich mich zu dir

        Und wir schauten
uns *sehr kultiviert* in die Augen als grüben wir
        eine fernere Zeit aus

Und wir sahen uns an und ich sagte
        tief an deine Müdigkeit:
Ich liebe mich / und du *sofort:*

        Ich liebe mich auch

JOHANN REISSER

Ansichtskarten aus dem Frau Holle-Land

Ein Tag, um sich mit Mehl einzustäuben: Die Nebelmaschinen, das Rauschen, die Gespenster in uns. Ein, zwei Steine mahlen nicht all die Säcke unsrer Griesgrämigkeit. Das wissen schon die Gesellen im ersten Jahr.

In den Freistunden beobachten wir den Flug der Pastasorten. Schmetterlingsflügler gab es früher mehr. Ob's am Nebel liegt oder an den Flughäfen? Die Nudelindustrie lässt sich immer neue Sorten einfallen. Und überhaupt enden immer mehr Dinge auf i.

Frau Holle bringt das nicht aus der Routine, sie schüttelt und schüttelt. Schon fliegen neue Schnäppchen ins Land, die Postfächer quellen über, uns juckt's in den Taschen. Doch der alten Dame zuliebe tun wir, als läge etwas in der Luft: weiß, kalt und wunderlich.

Überhaupt sind wir dieser Tage vor allem sentimental. In Freistunden sitzen wir vor gehäkelten Decken, schaufeln Torten, deuten uns Träume. Da ruft uns etwas. Wehe ein Sack bleibt über oder erzählt vom Pech. Wir sind Goldmarie, rufen wir, wir sind die Goldmarie. Als wüssten wir nicht, was uns erwartet.

TOM SCHULZ

WIR SIND NACKT die kleinen Zwiebeln oder Birnen
je nach Übersetzung. Schwarzwurzeln aus der Erde
See-Obst, hauptsächlich nackt. Wurzeln, die in Luft
und Wasser gewachsen sind. Je nach freier Nach-
Dichtung. Wir wurden gesät und säen, unsere Hände
teilen und teilen mit. Wir sind die Säenden, sagst du.
Im ersten Monat liegen Zweige auf dem Boden.
Jemand hat den Mond gescheitelt. In Gewändern
aus Schlaf und Reif bewegen sich die Bäume.
Wozu bist du, spät, noch einmal aus dem Haus
gegangen? Die Tiere haben sich gehäutet und
die Zwiebeln. Die Türme, von einem Schrei aufgeweckt,
stehen abseits. Wir sind Nacht und voller Tränen,
Birnen oder Blumen, je nach Zeilentrennung –
viele Silben: *wie fehlst du mir?*
(Trento, 18. Februar 2020)

JUDITH HENNEMAN

Dir fehlt der überwiegende Teil eines Arms.
Ich frage mich, welche Tätowierung dort war.
Wie sich ein Kugelgelenk ohne Funktion fühlt.
Niemand muss das erfahren: du und ich, kauernd
am Boden vor dem Terrarium voller Pelz und Zähne.
Wir trafen uns viel zu spät und du holst zu weit aus
für einen Kaffee. Das ist unser Raumzeitkontinuum.
Das Nagen, Vibrieren, das Pochen. Wir flüstern,
um nicht aufzuwachen. *Ein teilmöblierter Traum.*
Wir haben uns nichts ausgesucht. Nichts gehört uns.

12. KAPITEL

wir kalken, mergeln, gipsen

WILHELM BARTSCH

DER EISBERG ARARAT schwimmt durch die Nacht
Und schlitzt Noahs Titanic mit dem Gipfel.
Was hat vom Menschen auch nur einen Zipfel
jemals auf einen festen Grund gebracht.
Selbst nachts wirkt Ararat noch ausgedacht
Vor lauter Gottesmacht und Glanzverlangen,
Und läßt er rings auch goldne Sternlein prangen,
Hat ihn Vernichtung doch so hoch gemacht.
Sein Scheindasein als Eis- und Himmelsfaltung
Ist Finsternis, aus reinstem Licht erbaut.
Farewell! Versunkensein ist eine Haltung,
Der nicht vor diesem Lug- und Trug-Eis graut
  An diesem schönsten Schlackenungeheuer.
  Der Ararat bewacht das Urknallfeuer.

ULRIKE BAIL

DOMODOSSOLA höre ich dich sagen
mehr fügst du nicht zu jener stadt
an der grenze hinzu wo züge mit
sterngeschwindigkeit ins finstere fallen
was sollen wir tun?
ich stehe auf der terrasse
den blick zu den alpen
nichts. *~~gott ließ uns fallen und so~~*
~~stürzen wir denn auf ihn zu~~.

PAUL-HENRI CAMPBELL

die schlohweiße büşra witzelt wegen früher

büşra erzählt wie die minarette überall vor zeiten
elektrifiziert wurden später jedes jahr die muezzins
immer lauter riefen leere anfahrende lastkraftwagen
dann kichert sie tüpfelt mehr zimt auf ihren sahlep
und petzt die augen zusammen wie nach einem witz

die kirchturmglocken sag ich schlagen viertelstündlich
und für meine oma alice war es mit der religion erledigt
sobald st joseph's church das wöchentliche bingo-spiel
wohl wegen des neuen pfarrers einstellte als sei lynn
massachusetts jetzt beacon hill

ähnlich ging es mir gestern und vor-
gestern als ich komatös verkatert im frühlicht den muezzin hörte
das hießt ihn laut durch dreifachverglasung durchs hotelfenster
durch vorhänge durch kissen hörte verstärker bässe lautsprecher

ist da ein kleiner mann der aus einem großen turm schreit
ist da ein kleiner mann der in die gekachelte kuppel kreischt
ist da ein kleiner mann dem sogar der presslufthammer weicht

yeaaah spottete oma alice *it all staated afta fathah petah*
came back home from his trip to italy
a small man in search of
a balcony

FRANZOBEL

Österreich ist schön

Österreich? Ist das schön. Und hundertmal
& überhaupt. Österreich ist schön, und
schon schön ist Österreich. Ich bin hundertmal
verliebt in Österreich. Und Österreich
ist sehr schön, das lernen wir, hundertmal, daß
Österreich richtig schön ist, und das ist
das Schöne an Österreich, daß hundertmal
schon die österreichischen Schulkinder lernen,
wie schön und überall dieses Österreich nun ist,
damit sie es nur ja nie mehr vergessen. Ist
das schön. Und überhaupt. Die Sonne. Und
damit sie es nur ja nie mehr vergessen, wie schön,
schön Österreich ist, müssen schon die
österreichischen Schulkinder hundertmal,
hundertmal schreiben, Österreich ist schön.
Ist das schön. So schön ist Österreich, daß
schon die Schulkinder es aufschreiben müssen.
Müssen schreiben: Österreich fängt schön an, und
schön hört Österreich auch auf. Ja. So ist das
mit Österreich. Durch und durch schön. Hundertmal.

SYLVIA GEIST

Auf der Veranda

Ein Schild nannte die halbe Nummer
des Maklers, die andere Hälfte war abgeschmirgelt
oder verblichen, bis spätestens vier ist dort alles wild
darauf, einzufrieren für bedeckte Tage.

Wir dachten an Leerstand und sinkende Preise,
fotografierten zwei Stühle, die Hügel und unsere
Gesichter, die auf dem Spiegel der staubigen Fenster
ins Innere des Hauses schwammen, verjüngt,

als böte es Raum für eine neue Geschichte,
als wäre es etwas, in das man einziehen kann,
um zuhause zu sein. Von den Hängen rutschte das
Katzengold aufs Vordach, Salbei, Senkblei, Echsenlid,

lag zu nah, um es zu sehen, der Nachmittag
in den Büschen, wir unter seinem reglosen Auge.
Das Tal ließ sich hören, als kämen die Bienen
zurück auf ihren Kasten vor der verriegelten Tür.

MARIE LUCIENNE VERSE

Räumung

Im Rücken gleichgültiger Vorderhäuser erinnern sie einen gelesenen Satz [*Kinder suchen beim Versteckspielen immer zuerst da, wo zuletzt eines ertappt wurde*], liegen in neutraler Färbung, wo eben noch ihre Hände wie Gehäuse den Körper der anderen umgaben. Draußen werden sie verwechselt, ein homogenes Gemisch. Geraten ins Ausatmen der Busse, wie sich der Boden absenkt. Dann ins Abtaxieren, in hergestellte Abstände, als hingen sie wie aufgefädelte Laternen an Kabeln über der Straße. Ihre Glühherzen blinken, senden einseitige Signale. Vereinzelt stehen da gefrorene Feiertagsbagger. Ab Montag ziehen sie wieder um die Häuser, legen alles frei.

DAVID FUCHS

kalken, mergeln, gipsen

verordnung für die kommenden tage:
der kalk ist
regelmäßig, bei windstillem wetter,
mit der schaufel aufzutragen

es gilt
ihn vor der anwendung zu lüften,
er löscht sich nicht von selbst.

wochenende,
wir kalken, mergeln, gipsen.

im allgemeinen ist man dankbar,
als kalkfeindlich gelten nur
sandklee und lupinen
auf zimmer neun.

ULJANA WOLF

Die Liebhaber der Dombauhütten

Das sind die Unterschiede, sie sind schwach, wir wollen es zugeben, aber wegzureden sind sie nicht. – Ilse Aichinger

Wir sahen die Lampe der Archivarin, weiße Krone der Genauigkeit. Sahen sie thronen in der rautenschlauen Kuppel, die im Inneren der größeren Kuppel hauste: Dreißig Meter überm Gold. Hier oben bewahrte man das Gedächtnis des Baus. Jeden Plan, jede Rechnung, die übertragende Arbeit der Ziegel, jeden Namen von einem oder einer, die was trug. Papiere, gebunden zu weißen Paketen, die selbst Ziegel waren. Wer aber hatte die Rauten gebaut, wer die Schläue, wer unsere ungenügsamen Rücken, das Drücken in jedem Wirbel?

So standen wir, warteten auf das Ende der Rede. Warteten, so hieß es, die Werkstatt des Meisters zu sehen. Die Archivarin lächelte: Geduld. Sie trug einen Poncho aus grünem Licht, das Friese durchschien, jede in Marmor memorierte Fresse eines Patriarchen. Geduld, lächelte ihr grünes Leuchten. Wer will wissen, woraus wir gemacht sind, parlierte ihr Poncho. Dreißig Meter, hoch wie der Glaubsaum. Warten, woraus wir gemacht sind.

Einer, hieß es, hatte veranschlagt, was die Vergoldung der Engel kostet, ein junger, erst siebenundzwanzig, bevor die berühmten Brunnen in ihn fielen. Wir dachten: Junge, rechne minus Rücken, Engel brauchen keine Rücken, darum sind sie so glücklich am Bau. Schließlich zeigte man uns die Werkstatt des Meisters, im Lampenschein, es war seine Schrift, Maße für Säulen diktierend, majuskellos. *michelágnolo.* Manche von uns wollten weinen. Ihre delirierten Wirbel in den Himmel fräsen, Beginn der Unerträglichkeit, den man nicht sah. Manche einen Blick erhaschen von der kleinen Kuppel in die große, von der Draufsicht naschen, verzerrte Proportionen, von ihrem Schreibtisch aus.

Als wir wenig später die Archivarin fesselten, zum Fahrstuhl trugen, erstarrte ihr Gesicht. Gab das Netz der Linien frei, das ihren Mund umschloss, zwei Seiten einer Raute, rechts und links, im Schweigen vereint. Es stimmte schon, keiner von uns war es leichtgefallen, aus der Meisterfrist zu treten, sich zu entfriesen, vor der Zeit. Jemand griff die Lampe, ihren entkoppelten Schein. Was wir bauten, mit den goldlosen Rücken der Engel, würde noch genauer sein.

HANS THILL

Der Sauerstoff

Heute fühle er sich also stark genug
immer dasselbe zu sagen. Heute fühle er sich also stark genug
die Wurst zu essen. Die Luft füllt sich mit Staub, sie braucht den Staub
auch wegen der Bauten. Die Architektur der Moleküle, ohne Staub
würden sie
im Licht vergehen, alles wäre transparent. Den Sauerstoff stelle er sich vor
als Rest von Ferne, ironisches Element, ähnlich dem blauen Metall. Mit
Fracking, mit Smoking. Man entziehe den Steinen ihren Staub, eine
Frage des know-how. Zurück bleibe Dreck, im besten Fall ein
Teller, neben ihm Platz zu finden.

DORINA MARLEN HELLER

rückzug ins innere

von den wänden blättert
die farbe ab
nachts rieselt dir kalkstein aufs gesicht
draußen haben längst
die schlimmsten unter den narren
das kommando übernommen
öffnest du das fenster
schlägt dir laut die welt entgegen
aber du
wohnst im inneren des kerngehäuses
in der holzig feuchten fruchtstille
wo alle farben wie durch augenlider
gedämpft schimmern
du kühlst dir die stirn an den
glatten zellwänden
atmest in dich hinein
und das vorpreschen der jahre
ist nur ein luftzug

UTA GOSMANN

Die leere Mitte

Das dürre Land der Wüste
vereinfacht, was das Auge sieht,

oben Himmel, unten Erde,

die klare Luft
wie ein mikroskopisches Glas,
das sichtbar macht,
was dazwischen liegen mag.

Ein tiefes Seufzen, Zeichen
der Erleichterung,
schallt zurück vom Atalaya Berg.

Bürde der Vielfalt reduziert.

Die rissige Erde erträgt die nächsten
Pinyons nur ein paar Fuß weit
entfernt,

dazwischen ihre rote Haut,
nackt grenzend
an den sie abtragenden Wind,

der zur ihr singt
von dem, was nicht ist, bloß
in ihm mitschwingt.

HARTWIG MAURITZ

äpfel schälen. schafe

äpfel breiten sich nach allen seiten immer mit gleicher
geschwindigkeit aus. lichterscheinungen im regen. rot. süße düfte
bleiben stehen. die landschaft ein beinhaus. wieder grast die pest
in cambridge, frisst die weiden leer. wolle in woolsthorpe
die spärlichen schafe zählen, felle scheren, in den garten eden
hineingeworfen apfelspalten, kerngehäuse, schalen fallen körbeweise
aus ihrer baumstruktur. aus neuen rechenschritten lösen sich die früchte
angezogen von einer trägen masse wolle in bewegung: erde, jupiter, mars
kernobst und mond greift die gleiche kraft der nacht zerlegt das weiß
sich rot und blau vom prisma unterschiedlich stark gebrochen der himmel
ein rabennest gefrorener federn. die schafe grasen das gravitationsfeld ab
stellen sich in den dunkelregen, warten, dass der mond sie holt. die hand
streckt sich, tastet nach den zahlen, schaut auf das gestirn in der frucht.

ELENA MPEI

damals wollte ich die Freiheit nicht haben.
ich weiß noch, alle waren froh, aber worüber
eigentlich, das wussten sie selbst nicht
Chekhov, Der Kirschgarten

/ transitzone

es steht ein Umzug an in eine neo-epochale Weite und wir tun als seien wir bereit:

ein längst ungültiger Reisepass aus einer handschriftlichen Zeit, ein warmes Fell aus Schafshaar, die gestickten Tischdeckchen der Oma, ein Liebesbrief (noch unverheilter Kummer), eine Handvoll Kirschkerne von unserem Baum – wir packen nach Herz, nicht nach Überlegung

ich fülle einen kleinen Rucksack, du schleppst fünf große Koffer, wir stehen am Bahnhof und reden kurz vorm Abschied angespannt über Lappalien – wird man in der Neuzeit unseren undokumentierten Akzent begreifen? und lassen so die Angst den Raum zwischen uns einnehmen

ich steige in den ersten Zug. du sagst, du müsstest noch auf deinen warten … der Zug setzt die Tatsachen ruckartig in Gang, ich presse dir noch ein schnelles Lebewohl gegen das Glas und begegne deinen eingegrabenen Augen hinter einer Schutzwand aus schweren Koffern und Kirschbäumen –

vielleicht verschmerzt du den Abschied nicht, vielleicht Bruder werden deine Füße an diesen Gleisen haften bleiben, ich dich so erstarrt noch viele Epochen später als Vexierbild einer uns überrollenden Zeit unter meinen Augenlidern tragen

wir verlassen uns in unterschiedliche Richtung, im Herzknoten
dieselbe Fragestellung: ob wir eines Tages fruchtbare Erde finden,
jenseits der Mauern unseres abgeholzten Kirschgartens

ich fahre fahre und will nicht stehenbleiben, ich wechsle Sitze,
Waggons, Kleider und Ozeane, doch mir gefallen die neuzeitlichen
Ankunftshallen nicht und so bin ich, die Hosentasche voll Kirsch-
kerne, wie du einst am Gleis gefangen

FRANZISKA BEYER-LALLAURET

Endzeit

Unter brüchigen Brauen kniet das Haus mit zugezogenen Augen es braut
Sich was zusammen drin der Feigenbaum wächst und gedeiht greift über
Aufs Dach die untreue Quelle fließt nicht mehr Demeter ordnet nichts
Wirft nichts weg war mal die Unbändigkeit in Person geht heut gebückt
Als Mütterchen das sie nicht sein will trägt noch rot die fadenscheinigen
Blusen laufen ihr ein Wasser wird nicht mehr warm auf ihren Tischen
Reste von gestern Krumen in halbgegessenen Nüssen auf ihren Büchern
Staub verschluckter Epochen er tanzt nicht verdichtet sich hinter blinden
Angelaufenen Fenstern bleibt der Windberg verborgen sie war so stolz
Auf die Aussicht auf den Kamin den sie kalt lässt sehr selten setzt sie sich
Aufrecht unters Gebälk in Ziegelzwischenräumen lärmen Siebenschläfer
Stecken Köpfe mit wachem Knopfblick ins Zimmer flitzen wie Eidechsen
An bröckelnden Mauern hinauf noch klopft kein Winter auf Holz jedoch
Im Sonnenofen hat es sich ausgekocht zu schwer sagt sie pfeift der Mistral

Zwei Nachbemerkungen

CAROLIN CALLIES

Polyphonie im gemischten Chor

Ein Püree aus Nachworten, Briefen, Dialogen, abschließenden Notizen und Anmerkungen aus 42 Jahren

Das claasen Jahrbuch der Lyrik, dessen erste Folge wir hier vorlegen, will Entwicklungen, Tendenzen und Ausdrucksmöglichkeiten der neusten deutschsprachigen Lyrik vorstellen, Gedichte mit Träumen, Hoffnungen, Ängsten, Irritationen und Utopien. *(Christoph Buchwald und Harald Hartung, JdL 1979)* Das jährliche Nachwort soll nicht zum Ritual werden. Gibt es Jahr für Jahr etwas zur Erhellung der Gegenwartslyrik zu sagen? Wir fanden diesmal: Dieses Jahrbuch fragt zuerst nach dem Kommentar der Leserinnen und Leser, und es hält ihnen eine Wurst hin, die gut abgehangen ist. (*CB, JdL 1990/91*)

Das Zahlenmaterial

Auf dem Belveduto überm Trasimenischen See im Haus Ernst-Wilhelm Händlers – »feiner« kann man schwerlich beginnen –, in den umbrischen Bergen also: Platz genug, die hunderte von Manuskripten und Konvoluten, die für das Jahrbuch der Lyrik zu sichten waren, im Raum (in den Räumen) zu verteilen, Zeit genug, in aller Ruhe zu entscheiden, welche Gedichte aufgenommen werden sollten, welche nicht – Platz und Zeit also für ein Verbrechen erster Güte! *(Adolf Endler, JdL 2002)* So viel Lyrik war nie. 66,2 Kilogramm Gedichte. (*CB, JdL 2004*) Der Manuskripteberg 1989 war einhundertundvier Zentimenter hoch (bitte Zollstock nehmen und an einer freien Wandfläche nachmessen!). (*CB, JdL 1989/90*) Der aufeinandergeschichtete Manuskriptstapel der insgesamt siebzehn Jahrbücher (…) dürfte ca. drei Stockwerke (Altbau) hoch sein, gut 80 000 Bände haben ihre Leser gefunden; die durchschnittlich 4700 verkauften Exemplare pro Band liegen um einiges über den heute üblichen Gedichtbandzahlen, die meist als »irgendwo zwischen 600 und 1200« beziffert werden. (*CB und Raoul Schrott, JdL 2000*) Der sonst sehr zuvor-, sprich: hochkommende DHL-Fahrer weigerte sich, die acht schweren

Pakete in den 5. Stock zu tragen. (*Uljana Wolf, JdL 2009*) Am Freitag dann der Schock: Ein zweiter Karton traf ein, größer und schwerer noch als der vorhergehende. Ich tauchte ab, dann auf und stürzte mich mit verbissen zu nennendem Eifer in die Lesearbeit, die Zahl der täglich zu schaffenden Stapel hatte sich schließlich auf einen Schlag mehr als verdoppelt. An die neuntausend Gedichte waren zu sichten, das machten zweieinvierteltausend pro Tag. Ich hörte auf zu essen. (*Kathrin Schmidt, JdL 2011*)

Die Auswahlkriterien

Wir wählten aus nach bestem Wissen und Geschmack. (*CB und Harald Hartung, JdL 1979*) Zur genauen Beurteilung der Gedichtauswahl müßten alle aussortierten Gedichte als Anhang veröffentlicht werden. (*CB und Harald Hartung, JdL 1979*) Die Möglichkeiten einer Anthologie sind begrenzt. Die Möglichkeit von Kompromiß und Mißlingen ist unbegrenzt. (*Christoph Meckel, JdL 1980*) Das Prinzip Anthologie ist Ordnung und Übersicht. Das Prinzip Jahrbuch engt das Prinzip Anthologie ein. Festgelegte Typografie und Aufmachung des Buches engen weiter ein. Die literarische Optik der Herausgeber engt die Gedichtauswahl ein, und die Qualität der eingesandten Gedichte engt die Qualität des Jahrbuches ein. (*Christoph Meckel, JdL 1980*) Diese Sammlung ist eine Ehrlichkeit, eine Zwischenschau, ein Aufhorchen und Weiterflüstern, eine Auswahl durch vier Augen, zwei Gehirne, zwei Herzen. (*Nora Gomringer, JdL 2015*) Viele sind dir persönlich bekannt, einige freundschaftlich verbunden. Weggefährten. Du denkst, hätten sie nicht bessere Gedichte schicken können? Sie können es doch, oft genug haben sie es uns allen gezeigt. (*CB, JdL 1989/90*) Es ist Sonntagabend. Ein Autor aus Kaiserslautern greift telefonisch in dein Privatleben ein. Er fragt, ob er aufgenommen sei, ob es diesmal (diesmal!) geklappt habe, gerade in diesem Jahr sei es wichtig für ihn, runder Geburtstag, Krankheit etc. Ich denke Kaiserslautern. Fußball fällt dir ein. Amikasernen. (*CB, JdL 1989/90*) Zwar ist eine Ähnlichkeit meiner Person mit einer göttlicherseits installierten Messlatte einfach nicht vorhanden, aber wenn ich dieses Buch mitherausgeben soll, muss ich mich zumindest ein wenig um eine Messlatte scheren. (*Kathrin Schmidt, JdL 2011*) Man kann das Jahrbuch nicht als ästhetischpoetologisches Statement der Herausgeber lesen. Was auch immer man sich vielleicht vornimmt, alles steht und fällt mit den Texten, die eingesandt werden oder eben, auch nach Nachfrage, nicht eingesandt werden. (*Uljana Wolf, JdL 2009*) So viele Traditionslinien. So viele Brüche. Dichter reich an der Zahl. Einige Schulen. Einige Poetiken. Sie vereinen zu wollen, wäre Unsinn. (*Joachim Sartorius, JdL 1995/96*) »Ich will nie wieder beim Lyrikjahrbuch mitmachen«, schrieb Oswald Egger vor zehn Jahren, und er schrieb es nicht ein Mal – er schrieb es satte 24 Mal. (*Nico Bleutge, JdL 2018*) Ich höre nur das Wie. So ist es. Stimmt das Wie nicht, höre ich überhaupt nichts. Stimmt es, dann freilich geht es mir gut (geht es los). Es stimmt mich froh. Ich bin nicht taub, solange es gut geht, sofort taub, sobald es nicht gut geht. (*Elke Erb, JdL 1986*)

Der Auswahlprozess

Die Vorschlags-Liste, die Fragezeichen-Liste. Zweites Lesen, ohne auf die Listen zu sehen. Abwägen des Fraglichen, Bestätigung des Unfraglich-Gewesenen – die Fragezeichen-Mappe. (*Elke Erb, JdL 1986*) Wie immer haben uns wichtige Autoren mit triftigem Grund abgesagt, und wie immer haben wir Gedichte retournieren müssen, die allzu offensichtlich bei der Zusammenstellung des letzten Gedichtbandes »übriggeblieben« waren. (*CB und Gregor Laschen, JdL 1984*) Kannst du mir das bitte laut vorlesen? (*Ulf Stolterfoht, JdL 2008*) Natürlich habe ich, nachdem wir in Berlin die definitive Auswahl getroffen hatten, mehrfach meine charakterliche Eignung für ein solches Projekt hinterfragt (Ich Weichei! Drecksack! Kameradenschwein!), aber mir ist auch deutlich geworden, dass die Eigendynamik, die ein solcher Auswahlprozess entwickelt, die eigenen ehernen Kriterien zumindest ins Wanken bringt. (*Ulf Stolterfoht, JdL 2008*) Was diese Anthologie angeht, so entsteht so etwas wie Wahrheit ganz bestimmt auch durch die Polyphonie im gemischten Chor. (*Silke Scheuermann, JdL 2007*)

Die Themen der eingesandten Gedichte

Die Poesie findet nicht mehr auf der Straße statt – wenn das nicht überhaupt ein Mißverständnis war. (*CB und Harald Hartung, JdL 1979*) Geschichte und Gegenwart, Bewußtsein und Gefühl, Öffentliches und Privates sind im Gedicht wieder als dialektische Einheit vorstellbar. (*CB und Gregor Laschen, JdL 1984*) So finden sich auch in diesem Jahrbuch viele Gedichte, die man grosso modo jener neuen Sensibilität zurechnen mag, die in den letzten Jahren so viel von sich reden gemacht hat. Mit Benns Diktum, wonach auch die großen Lyriker nur fünf oder sechs vollkommene Gedichte schreiben, läßt sich jedoch keine Anthologie, noch weniger ein Periodikum wie dieses Jahrbuch bestreiten. (*CB und Harald Hartung, JdL 1979*) Oft habe ich das Gefühl, dass DDR-Autoren (u. a. Adolf Ender, Karl Mickel, Günter Kunert, Erich Arendt, Rainer Kirsch, Kurt Brasch, Heiner Müller) und ehemals in der DDR wohnende Dichter (u. a. Peter Huchel, Sarah Kirsch, Bernd Jentzsch, Jürgen Fuchs, Thomas Brasch, Helga Novak, Christa Reinig) das Niveau bestimmen. (*Lutz Rathnow, JdL 1980*) Das zeitgenössische Gedicht ist ein überaus gelenkiges Geschöpf, libellenartig beinah. Auch deshalb vielleicht scheint eine Blütezeit des Prosagedichts anzubrechen. (*Mirko Bonné, JdL 2019*) Experimentell oder traditionell, narrativ oder sprachspielerisch, Persiflage oder Mundart: Nichts garantiert ein Gelingen, aber kein Ansatz steht ihm im Weg (…). (*Jan Wagner, JdL 2013*) Gedichte sind unser Gedächtnis von Zeit; in ihnen sind Zeit und Epoche, Gegenwart und Jahrhundert aufgehoben. (*CB, JdL 2005*) Der Einsendeschluß für die Gedichte des Jahrbuchs lag einige Tage vor dem 11. September 2001. (*Lutz Seiler, JdL 2003*) Die zahlreichen Bezüge auf die havarierten Reaktoren in Japan bewiesen erneut, dass all das, was uns zu überwältigen droht, Ausdruck im Gedicht zu finden versucht. Sie waren allzu oft freilich auch der Beleg dafür, dass es im Augenblick der Überwältigung äußerst selten zu einem gelungenen Gedicht kommt. (*Jan Wagner, 2013*) Sermon: keine Bekenntnisgedichte bitte und keine Parolen-Gedichte gegen Beton und Waldsterben, wir können als Leser doch nur zustimmend nicken zu solchem Protest; der Autor hat unser Einverständnis schon vorab, das Gedicht kostet ihn nichts und der Allgemeinplatz tut niemandem weh (…). Oh Beulen-Pest der Poesie, oh Hunderttausend-Verse-Mißverständnis, oh Eitelkeitswiese von schreibenden Studienräten in Gesundheitsschuhen! (*CB, JdL 1986*)

Die Abfolge der Gedichte

Angesichts der großen Anzahl der zum Jahrbuch eingesandten Texte mochte man sich für die Präsentation einer literarischen Auswahl ähnliche Möglichkeiten einer fließenden Aufstellung mit laufenden Aus- und Einwechslungen (*wie im Fußball, Anmerkung der Herausgeberin*) wünschen – andere Aufstellungen brächten in ihrem Zusammenspiel sicher ganz andere Qualitäten zum Vorschein. (*Lutz Seiler, JdL 2003*) Nach einem schnell gescheiterten Versuch, bequem zu katalogisieren (nach Kategorien wie Liebe, Tod, Natur usw.), begreife ich: Ich habe wortlos einen neuen, übergreifenden (über sie und über mich hinaus!), einen neu erkundenden Text zu schreiben. (*Elke Erb, JdL 1986*) Aus vielen Stimmen wurde ein großes Poem. (*CB und Harald Hartung, JdL 1979*)

Lob

Haltet Ihr das Jahrbuch nur einige Jahre durch, hat es die Chance, zu einem Stollen zu werden, aus dessen Vortrieb man Aufschluß und Überblick über die Dichtungstendenzen dieser historischen Episode erhält. (*Richard Pietraß, JdL 1981*) Um nicht abzukommen: ich leide unter Magenkrämpfen angesichts der meisten Anthologien. Das Jahrbuch verschafft Luft. (*Uwe Kolbe, JdL 1988/89*) Es wird so viel über schlechte Gedichte geklagt, aber so wenig über gute Gedichte geschrieben. Und so schlecht sieht es meiner Meinung nach gar nicht aus. (*Marcel Beyer, JdL 1993*) Ein Hoch dem Düddellütt! (*Ludwig Harig, JdL 2001*)

Tausend Arten der Klagen und Kritik

Bessere Zeiten für die Lyrik sind immer noch keine guten. (*CB und Harald Hartung, JdL 1979*) Alles in Ordnung also im Lyrikland? Das wird, außer von ausgemachten Narren, wohl nie mit ja zu beantworten sein. (*CB, JdL 2001*) Es sind gute Texte drin, unbestritten, aber fast alle Texte können nur von intellektuellen Überfliegern und Insidern in dieser Art lyrischer Oberschichtssprache verstanden werden. (*Fritz Deppert, JdL 1985*) Ein Paradigmenwechsel kündigt sich an. 1985 werden Gedichte eher am Reißbrett gezeichnet als mit dem Munde gemalt. Viele dieser Gedichte sind kopflastig. (*CB und Ursula Krechel, JdL 1985*) Die Wahrnehmungsweisen haben sich individualisiert. Es gibt keinen großen Topf des Zeitgefühls, aus dem jeder Lyriker seinen Teller Brei schöpft. (*CB und Ursula Krechel, JdL 1985*) Was mich enttäuscht hat, war, auf so viele schlechte (vordergründige, belanglose, von völliger handwerklicher Unkenntnis geprägte etc.) Gedichte zu stoßen. Zuviel Raum der »Laber-Lyrik« (...). (*Jürgen Wellbrock, JdL 1980*) Eine öffentliche Polemik zwischen Lyrikern halte ich für wenig sinnvoll. Die tun nämlich fast immer so, als würden sie sich uneigennützig für die Lyrik engagieren, und engagieren sich doch in Wahrheit nur für sich selber. (*Michael Buselmeier, JdL 1981*) Dichter sind halt wie Autofahrer: Fehler machen immer nur die anderen. (*Detlev Meyer, JdL 1981*) Warum verwenden so wenige Lyriker Phantasie auf die Verwendung neuer Formen? (*Harald Hartung, JdL 1983*) Die Zeit der reinen Jamben ist unwiderruflich vorbei. (*Robert Gernhardt und Matthias Politycki, JdL 1997/98*) Die besseren Reime kommen aus der Schlagerindustrie. (*CB, JdL 1989/90*) Nun habe ich 1/2 der Texte gelesen und befinde mich im Zustand völliger Zerknirschung. Nicht, weil da so viel Kitsch wäre, sondern eher umgekehrt: Es gibt kaum noch ordentlichen Kitsch. Dafür aber stapelweise Sachen, die mich vollkommen ratlos zurücklassen. (...) Schlimmer als Kiesschaufeln. (*Thomas Rosenlöcher, JdL 1992*) Lang ist's her, doch noch immer trauere ich jenen Zeiten nach, da die Dichter uns Menschen Formulierungshilfe in allen Lebenslagen leisteten (...). (*Robert Gernhardt, JdL 1993*) Beschwerdeende. (*CB, JdL 1998/99*)

Warum Gedichte schreiben? Und wie Gedichte verstehen?

Was soll ein Gedicht? Was will es? Kann es? Was ist ihm zuzutrauen, anzutragen, aufzubürden und sonst niemandem? Wo kommt es her? Wo zieht es hin? Wofür steht es ein? Wogegen steht es? (*Peter Rühmkorf, JdL 1988/89*) Von (Poesie), die heute ihr Lebensrecht bewähren will, ist in gewissem Sinne ERKENNTNISCHARAKTER zu fordern. (*Theodor Adorno, JdL 1987/88*) Wenn ich der poetologischen Versuchung nicht widerstehen kann, liegt das vor allem daran, daß für mich Poesie und Reflexion sehr eng zusammengehören. (*Brigitte Oleschinski, JdL 1987/88*) Credo: Das Verstehen in der Lyrik hat der Teufel gesehen! (*Ulf Stolterfoht, JdL 2008*) Ein Gedicht ist für fast niemanden. Es führt, neben der geläufigen Sprache, für sich ein Sein, selbstgenügsam, und will doch, selbstbewußt, daß seine Wirklichkeit anerkannt wird, die es orakelhaft verkündet. Was ist das, Poesie? (*Joachim Sartorius, JdL 1995/96*) Ist Selbstverleugnung Poesie? (…) Führt jede Anstrengung des Autors, von sich selbst abzuweichen, immer wieder zu dem selben Ergebnis, nur seinen »privaten Code«, seinen »Ideolekt« auszuüben? Und das auf die Dauer lebenslänglich? Betreibt der Dichter ein lebenslängliches Ablenkungsmanöver? (*Michael Lentz, JdL 2005)* Seamus Heaney hat in seinem Versuch, die Poesie zu rechtfertigen, sich um einen gemeinsamen Nenner bemüht: »Die Erfahrung, die uns zuteil wird, ist ein Labyrinth. Auf die Unmöglichkeit, daraus herauszufinden, antwortet der Dichter, indem er das Äquivalent eines Labyrinths imaginiert und es durchschreitet und es uns durchschreiten macht.« (…) Der Dichter ist ganz allein mit seiner Sprache. Hier hat er seine Heimat und seine Freiheit, daß man ihn ebensogut verstehen wie nicht verstehen kann. (*Joachim Sartorius, JdL 1995/96*).

Junge Lyrik

Können wir Ferien machen von der Geschichte der Poesie? Gibt es einen poetischen Generationenvertrag? (*Michael Lentz, JdL 2005*) (…) aber was, fragt ein Mittvierziger fast verzweifelt, hat dieses bei jungen Dichtern offenbar sehr beliebte Wort »ficken« in Gottsnamen mit Poesie zu tun? (*CB, JdL 2005*) Schreiben die Zwanzigjährigen keine Gedichte, oder keine bemerkenswerten? Kann eigentlich nicht sein. Oder rappen die lieber? (*CB, JdL 1998/99*) Die »junge Lyrik«, die sich in »jungen« Anthologien vorstellt, verblüfft durch Harmlosigkeit, Provinzialität und eine Art von Unbefangenheit, die alte Hüte als neue ausgibt. (*CB und Gregor Laschen, JdL 1984*) Keine Strömungen derzeit, höchstens Brisen und Rettungsschwimmer, kein Arschloch der Jahrtausendwende. (*Michael Lentz, JdL 2006*) Seit dem Expressionismus hat es in der deutschsprachigen Poesie keine solche Breite an Talenten mehr gegeben wie in unseren Tagen. (*Axel Kutsch, JdL 2013*) Das Staunen über besonders eindrückliche Gedichte von Autorinnen und Autoren, von denen man noch nie gehört hat, gehört zu den besonders erfreulichen Seiten der Arbeit an der Auswahl. (*CB, JdL 2009*) Nie ging es der deutschsprachigen Lyrik besser als in diesen ersten Jahrzehnten des zweiten Jahrtausends (…). (*Ulrike Almut Sandig, JdL 2017*) Disketten können leider nicht angenommen werden, und die Rücksendung der Manuskripte erfolgt nur, wenn Rückporto beiliegt. (*CB, JdL 2002*) Überhaupt scheinen die diversen (jüngeren) Lyrikszenen in Ermangelung an Publikationsmöglichkeiten und »öffentlichem Raum« wie selbstverständlich im Internet ihr Medien gefunden zu haben. (*CB, JdL 2004*) Was soll denn zeitgenössische Lyrik sein? So etwas wie junge Lyrik? Richtig junge Lyrik kommt meistens von Elke Erb. (*Wilhelm Bartsch, JdL 2013*)

Ehre und Dank

Eine schöne Ehre ist das! (*Nora Gomringer, JdL 2015*) Das *Jahrbuch der Lyrik* wird ohne Christoph Buchwald ein anderes sein. Diese Institution von Buch hat ihm viel zu verdanken. (*Carolin Callies, JdL 2021*) Mehr Lyrik! (*Klaus Schöffling, jederzeit*) Immer Weiter Lyrik! (*Nora Gomringer, JdL 2015*)

Der schnöde Mammon

Was sind das für seltsame Leute, die gegen jede herrschende Vernunft dieses einsame Handwerk betreiben? (*Michael Krüger, JdL 2004*) Der Markt für Gedichte befindet sich gleich neben dem Schlachthaus der Kunst. (*Ludwig Fels, JdL 2011*) Wer kauft eigentlich Anthologien? Ich möchte ganz grob fragen: Sind sie eigentlich ein Geschäft? (*Gottfried Benn, JdL 1984*) Meine Mutter würde murmeln: »Irgend etwas ist da im Gange, paß auf!« … PS: Können Sie, bitte, feststellen, was aus meinem Honorar geworden ist. (*Adolf Endler, JdL 1985*)

CHRISTOPH BUCHWALD

»Was ist der Bub doch groß geworden!«, sagte die Großmutter beim Blättern im 34. Lyrikjahrbuch.

Ein Selbstgespräch

Inzwischen ist das Jahrbuch nach 42 Jahren bei seiner 35. Ausgabe angelangt, das war 1979 wahrscheinlich noch nicht geplant oder abzusehen?

Das *Jahrbuch der Lyrik* ist de facto aus einer Not geboren. Der Verleger gab dem jungen Lektor angesichts der vielen unaufgefordert eingesandten Lyrikmanuskripte den gut gemeinten Rat, »doch einfach eine kleine Auswahl mit den schönsten Gedichten aus all den eingesandten Gedicht-Manuskripten« zusammenzustellen. Der junge Lektor erschrak heftig: Was sind schöne und, noch besser, schönste Gedichte? Woran ist die Schönheit abzulesen, und woran misst sie sich? Immerhin ahnte er nach der (Schul-)Lektüre von viel Bachmann und Benn und eindrucksvollen Uni-Vorlesungen des Schriftstellers und großen Anregers Walter Höllerer (*Theorie der modernen Lyrik*, Neuausgabe 2003), dass man bei der Beurteilung von Gedichten mit *Schönheit* nicht weit kommt. Die Zeiten waren unruhig, auf den Straßen wurde demonstriert gegen Pershing-Raketen, Waldsterben und Atomkraft, und wenn Gedichte immer auch Seismographen sind für Zeit und Epoche, wie der Mitherausgeber des zweiten Jahrbuchs (1980), Christoph Meckel, es formulierte, dann war für Beschauliches und Erbauliches wenig Platz. Die ersten drei (als Lyriker sehr verschiedenen) Mitherausgeber des Jahrbuchs, Harald Hartung, Christoph Meckel und Rolf Haufs, waren jedenfalls hilfreiche und strenge Lehrmeister bei der Herausbildung eines eigenen Urteilsvermögens.

Haben sich die Kriterien seit dem ersten Jahrbuch in einem fortschreitenden Lernprozess verändert?

Sagen wir es vorsichtiger: Sie sind präziser und weiter zugleich geworden. Weiter in dem Sinne, dass die Neugier auf ungebräuchliche lyrische Formen, die außerhalb des herrschenden Zeitgeistes lagen, eher zunahm. (Es gab z. B. Zeiten, da reimende Gedichte als reaktionär und hoffnungslos altmodisch galten.) Voraussetzung dafür war aber, dass in den Gesprächen mit den jeweiligen Dichtern und Dichterinnen, die als Mitherausgeber fungierten, etwas eingeübt wurde, was immer wieder trainiert werden muss: das präzise Beschreiben der Bewegungen, die sich in einem Gedicht vollziehen. Was passiert da mit welchen Mitteln? Taugen die Mittel, um – diskursiv oder assoziativ – zu einem Mehr an Bedeutungen zu kommen und damit zu überraschenden Einsichten? Warum geben auf Pointe geschriebene Gedichte so oft wenig her? Wie lassen sich Denk- und Wahrnehmungsbewegungen eines Gedichts beschreiben? Warum werden Gedichte mit abstrakten Begriffen so schnell nebulös und ungreifbar und Kombinationen von Abstraktum und Konkretum fast immer unsäglich [»im Spinnennetz meines Vergessens …«]?

Warum kann Geschmack *kein Kriterium zur Beurteilung von Lyrik sein?*

Zum einen: Wie ließe sich das, was in der Lyrik als Geschmack durchgehen könnte, überhaupt allgemeingültig und nachvollziehbar beschreiben, geschweige denn definieren? Das scheint mir nicht möglich und auch nicht wünschenswert. Auch wenn, wie Carolin Callies in ihrem Blick zurück zitiert, im Nachwort des ersten *Jahrbuchs der Lyrik* zu lesen ist, die Herausgeber hätten »nach bestem Wissen und Geschmack« ausgewählt. Shame on us!

Dazu als Zwischenbemerkung einige Auszüge aus den *Handreichungen für Gedichtleser*, die während eines Lyrikfestivals entstanden sind als Reaktion auf die dort wieder und wieder gehörte Ansicht, Lyrik sei doch vor allem »Geschmacksache«.

* Noch weniger als die Musik hat das Gedicht, oder besser: das Umgehen mit, Verstehen und Beurteilen von Gedichten, etwas mit Geschmack zu schaffen. Gedichte haben, wie das Komponieren eines Horntrios oder eines Popsongs, schlicht mit Handwerk zu tun, mit Kenntnissen: Wer Gedichte schreibt, muss mit dem Handwerkszeug umgehen können, mit Vers, Reim, Dramaturgie, Wirkungsästhetik, Traditionen, Klang, Sprachlogik, Sprache, etc. Ein Gedicht ist immer etwas Gemachtes, sprachlich Verdichtetes. Dichter, die intuitiv und ohne Kenntnisse Meisterwerke aus dem Ärmel schütteln, kommen, wenn's gut geht, alle dreihundert Jahre einmal vor. Selbst der geniale Mozart wurde von seinem Vater geschurigelt und bekam erstmal die Sonatenhauptsatzform eingebimst.

* Nicht umsonst haben Gedichte seit mehr als 2000 Jahren die Menschen immer wieder verzaubert, begeistert – oder verärgert. Anders als die Erzählung oder der Roman hat das Gedicht die Möglichkeit, durch Rhythmus, Wortklang, die Kombination oder das Zusammenstoßen von Wörtern etwas assoziativ spürbar oder hörbar oder sichtbar zu machen, das die Wörter selbst nicht benennen oder bezeichnen könnten. Das berühmte *Weit spannte meine Seele ihre Flügel aus* ist ein Bild, das für viel mehr steht und viel mehr ausdrückt als ein vergleichsweise plattes *Ich fühlte mich ganz und gar eins mit der Natur.*

* Auch wenn Sie beim ersten Hören oder Lesen nicht gleich alles verstehen, nicht alle Bedeutungen aufdröseln können, lassen Sie sich, sofern das Gedicht das hergibt, forttragen vom Klang und Rhythmus der Sprache. Ist da eine Wut zu spüren, oder eine Melancholie oder eine Nachdenklichkeit, überrascht das Gedicht durch unerwartete Reime oder durch eine Serie von Wörtern, die alle mit K oder mit U anfangen? Taucht ein Wort, sagen wir: *Apfelgarten* oder *Frequenzweiche,* mehrmals auf? Und klingt das Gedicht nach Suada, Litanei, Gebet oder Alltagsgestammel? Oder, schlicht gefragt: Mit welchem Wort*material* wird da gearbeitet?

* Fragen Sie bei der Frage, wie Ihnen ein Gedicht gefallen hat, gleich weiter, warum es ihnen gefallen oder missfallen hat. So stoßen Sie schnell auf eine Kardinalfrage der Lyrik: *Wie ist das gemacht, mit welchen Mitteln wird da gearbeitet?* Mit Naturbildern oder Gefühlsäußerungen, mit wissenschaftlichen Termini oder

Modejargon, mit Worterfindungen, mit Dialekt, mit präzisesten Beschreibungen oder mit rauschhafter Wortmusik? Mit Wörterreihungen, mit Prosasätzen oder mit Lautexplosionen, im Stakkato, in auschwingender Rhetorik, im Gossenslang oder in Werbeslogans?

* Lassen Sie sich den Spaß an der Sprache, am Gedicht nicht durch die angsteinjagende Frage *Was will uns der Dichter damit sagen?* vermiesen. Wenn das so einfach zu beantworten wäre, wäre möglicherweise ein Essay, eine Predigt oder ein Leitartikel die angemessenere Form, um die *messitsch* rüberzubringen.

* Was ein gutes oder gelungenes Gedicht ausmacht, ist idealtypisch und allgemeingültig nicht zu sagen. Die Zeiten der normativen Ästhetik sind *tempi passati*. Für schlechte Gedichte dagegen gibt es deutliche Anhaltspunkte: schiefe Bilder, ungenaue Sprache, Denk- und Sprachklischees, Bestätigung und Verdoppelung des Allzubekannten. Alarmsignale sind z. B. ungenaue Wie-Vergleiche, platte Metaphern, beliebige Zeilenbrechungen, Verbindungen von Abstraktem und Konkretem wie z. B. *im Spinnennetz meines Vergessens*, romantisierendes Poëteln besonders bei Liebesgedichten, ideologische Phrasendrescherei oder platte Nachahmung. Wer heute noch so dichtet wie der Freiherr Joseph von Eichendorff 1812, hat etwas Wesentliches in der Entwicklung der Welt verpasst.

* Das immer wieder Beeindruckende und Wunderbare an gelungenen Gedichten ist, dass sie mit den Mitteln der Sprache etwas ausdrücken, etwas formulieren können, was wir *irgendwie* eher vage und gefühlsmäßig geahnt haben, aber nie wirklich fassen, festhalten, uns bewusst machen konnten: ein Lebensgefühl, eine Zeitstimmung, einen komplexen Denkzusammenhang. Dass sie ein Bild oder einen Klang für das gefunden haben, was wir immer schon über die Welt wissen wollten, aber nie zu denken wagten.

* In und mit Gedichten können wir Erfahrungen machen, die möglicherweise in unseren Biographien so nicht vorkommen. Und: Gedichte sind unser Gedächtnis von Zeit; in ihnen sind Zeit und Epoche, Gegenwart und Jahrhundert aufgehoben. Ohne die Gedichte Bachmanns, Brodskys oder Brechts (um willkürlich drei Herrschaften mit B zu nennen), wüssten wir bedeutend weniger von unseren Furien, Ängsten, Schrecknissen und Lüsten, und noch viel weniger von denen unseres Jahrhunderts.

Was fällt in der blätternden Rückschau auf die 35 Jahrbücher zuallererst auf?

Sehr grob und sehr verallgemeinernd viererlei: Erstens die inhaltlichen Verschiebungen vom vornehmlich politisch orientierten zum sehr privaten Selbsterfahrungs-Gedicht in der zweiten Hälfte der achtziger Jahre. Danach und bis heute eine allmähliche Entwicklung hin zu einer größeren thematischen und formalen Offenheit bei stetig wachsendem Misstrauen gegen alles Ideologische.

Zweitens wird sichtbar, wie viele in den ersten Jahrgängen des Jahrbuchs noch unbekannte Lyriker sich im Laufe der Zeit einen Namen gemacht und einen erkennbar eigenen Ton entwickelt haben.

Drittens wäre zu beweisen, dass in den letzten zwanzig Jahren die Kenntnis der großen Dichter-Vorgänger und die formale Vielfalt des Gedichts eher zugenommen haben. Vielleicht stimmt die Vermutung, dass, wer heute Gedichte schreiben will, diese wohl kaum ohne jede Kenntnis der lyrischen Traditionen »einfach so« aus dem Ärmel schüttelt.

Und viertens, dass Gedichtbände mit einer verkauften Auflage von 1500 Exemplaren heute eher die schöne Ausnahme sind denn die Regel. (Zum Vergleich: 1979, dem Erscheinungsjahr des ersten *Jahrbuchs der Lyrik*, erschien ebenfalls beim claassen Verlag in Düsseldorf Christoph Meckels Gedichtband *Säure* und fand innerhalb von sechs Monaten 22 000 Käufer.)

Das liegt woran?

Ein wesentlicher Grund für die schrumpfenden Lyrikregale in Buchhandel und Bibliotheken scheint mir (unter vielem anderen) das Verschwinden des Gedichts aus dem Schulunterricht. Die Deutschlehrer – wenn diese sträfliche Verallgemeinerung gestattet ist – haben's in der Schule oder auf der Universität selber nicht mehr gelernt, mit Gedichten analytisch umzugehen und ihre Gedichtlektüre als Bereicherung der Einsichten in die *Condition humaine* zu erfahren. In Gesprächen mit Lehrerfreunden war auf Nachfrage immer wieder festzustellen: Lyrik im Unterricht ist ein Angstgegner. Es ist wie bei den Bach-Partiten für Violine solo oder Frank Zappas *Shut Up 'N And*

Play Yer Guitar: wer sich nie die Zeit genommen hat, aufmerksam zuzuhören, der hört nicht das Wunder im Werk und schaltet ab.

Und noch ein Letztes, wobei wir endlich bei diesem 35. *Jahrbuch der Lyrik* angekommen wären: Wie bei fast allen Jahrbüchern haben die Herausgeber zu einzelnen Gedichten, die durch irgendeine Ungeschicklichkeit in Schieflage geraten, aber doch zu gut waren, um sie auf den Nein-Stapel zu legen, den Autoren konkrete Änderungsvorschläge gemacht. Bemerkenswert ist nun, dass alle Angeschriebenen unisono anmerkten, dass sie dieses genaue Eingehen auf ihre Gedichte auf Zeilenniveau deshalb als so bemerkens- und begrüßenswert empfanden, weil es in ihrem lyrischen Alltag schlichtweg nicht mehr vorkommt. »Ein Gespräch über die Feinheiten des lyrischen Handwerks findet nicht mehr statt.«

Ein Grund mehr, die zukünftigen Herausgeber des Jahrbuchs der Lyrik zu ermuntern, reparable kleine Ungeschicklichkeiten in ansonsten beeindruckenden Gedichten mit dem Autor oder der Autorin in ein paar freundlichen Zeilen unter die Lupe zu nehmen.

Und zum Schluss schwenkt unterzeichneter Herausgeber hier und jetzt den Hut zum Abschiedsgruße, dankt den Dichtern, Mitherausgebern, Verlagen und Lyriklesern, die diese 35 Bände möglich gemacht haben, für Enthusiasmus, Treue und Fachkunde, singt ein Loblied auf die Verlagskolleginnen – in diesem fünfunddreißigsten Fall auf die wunderbar umsichtige Jasmin Camenzind –, die, wie Mitherausgeber Thomas Rosenlöcher es ausdrückte, »wissen, wie man so einen Sack Flöhe hütet«, und grüßt die Freunde, die einen stillen Arbeitsraum für die Endauswahl zur Verfügung stellten – aktuell den Gedichte-Vielleser Rolf Kauffeldt in Düsseldorf.

Überaus gedeihlich war die Zusammenarbeit mit der diesjährigen Mitherausgeberin Carolin Callies, unsere Gespräche *en détail* waren stets bewusstseinserweiternd und erhellend. Danke!

Dem neuen »ständigen« Mitherausgeber Matthias Kniep, der als Programm-Verantwortlicher beim Berliner Haus für Poesie das Genre und die Szene kennt wie kein zweiter, sei hiermit der Stafettenstab für die nächsten 35 Jahrbücher der Lyrik in die Hand gedrückt: Gutes Gelingen und: Viva la poesia!

Amsterdam, im Dezember 2020 *Christoph Buchwald*

AUTORINNEN UND AUTOREN

Soweit nicht anders angegeben liegen die Rechte bei den Autorinnen und Autoren.

Allemann, Urs, *1948, lebt in Goslar. Zuletzt: *im kinde schwirren die ahnen. 52 Gedichte*, Urs Engeler Edition 2008; *in sepps welt. gedichte und andere dinge*, Klever 2013. [71]

Altmann, Andreas, *1963, lebt in Berlin. Zuletzt: *Die lichten Lieder der Bäume liegen im Gras und scheinen nur so*, poetenladen Verlag 2014; *Weg zwischen wechselnden Feldern*, ebd. 2018. [32]

Ames, Konstantin, *1979, lebt in Berlin. Zuletzt: Catherine Hales: *08/15-hegemonien* (Übersetzung aus dem Englischen), Brueterich Press 2017; *sTiL.e(dir) Sämtliche Landschaften, Welt*, Klever 2018. [117]

Amm, Gisbert, *1965, lebt in Joachimsthal. [137]

Arndt, Dorothee, *1980, lebt in Rostock. Veröffentlichungen in Anthologien und Zeitschriften. [97]

Augustin, Michael, *1953, lebt in Bremen. Zuletzt: *Der stärkste Mann der Welt*, Edition Temmen 2018; *Hurly-Burly – Visual Poems*, Redfoxpress (Irland) 2020. [133]

Bach, Kathrin, *1988, lebt in Berlin. Zuletzt: *Schwämme*, parasitenpresse 2017. [194]

Bail, Ulrike, *1960, lebt in Luxemburg. Zuletzt: *die empfindlichkeit der libelle*, Éditions Phi 2017; *wie viele faden tief*, Conte Verlag 2020. [216]

Bartsch, Wilhelm, *1950, lebt in Halle/Saale. Zuletzt: *Frankensteinmonstrum*, Edition Thurnhof 2017; *Gotische Knoten*, Edition Ornament 2018. [145|215]

Bastrop, Anke, *1982, lebt bei Schwerin. Zuletzt: *Pyrit*, Verlagshaus Berlin 2013. [59]

Becker, Kerstin, *1969, lebt in Dresden. Zuletzt: *Fasernackte Verse*, Fixpoetry 2012; *Biestmilch*, edition AZUR 2016. [65]

Beyer-Lallauret, Franziska, *1977, lebt in Avrillé bei Angers/Frankreich. Zuletzt: *Warteschleifen auf Holz*, dr. ziethen verlag 2015. [230]

Beyer, Marcel, *1965, lebt in Dresden. Zuletzt: *Graphit*, Suhrkamp 2014; *Dämonenräumdienst*, ebd. 2020. Mitherausgeber des *Jahrbuchs der Lyrik 1998/99*. [196]

Bludau, Elke, *1961, lebt in Neuss. Veröffentlichungen in Zeitschriften. [74]

Böhme, Thomas, *1955, lebt in Leipzig. Zuletzt: *Klavierstimmer auf der Titanic*, Edition Ornament 2018; *Poesiealbum 347*, Märkischer Verlag 2019. [112]

Bonné, Mirko, *1965, lebt in Hamburg. Zuletzt: *Traklpark*, Schöffling & Co. 2012; *Wimpern und Asche*, ebd. 2018. Mitherausgeber des *Jahrbuchs der Lyrik 2019*. [201]

Both, Rosa, *1962, lebt in Innsbruck. Veröffentlichungen in Anthologien und Zeitschriften. [167]

Breidenich, Markus, *1972, lebt in München. Zuletzt: *Am Milchstraßenrand*, Lyrikedition 2000 2010; *Anemonenbesuch*, ebd. 2015. [155]

Breyger, Yevgeniy, *1989, lebt in Frankfurt a. M. Zuletzt: *Flüchtige Monde*, kookbooks 2016; *Gestohlene Luft*, ebd. 2020. [20]

Brischke, Lars-Arvid, *1972, lebt in Berlin. Zuletzt: *flügelzeug. Laut-, Listen- und Raub-*

gedichte (gemeinsam mit Rainer Stolz), CD und Booklet bei edition rast 2015, E-Book bei 120mmbooks 2015; *wer fällt schon aus der welt,* edition art science 2020. [87]

Brôcan, Jürgen, *1965, lebt in Dortmund. Zuletzt: *Wacholderträume*, Edition Rugerup 2018; *Ortskenntnis. Gedichte 1994–2006*, edition offenes feld 2020. [102]

Brunner, Helwig, *1967, lebt in Graz. Zuletzt: *Denkmal für Schnee*, Berger 2015; *Weißer Rahmen, weißes Bild* (Gedichte dt./slowen./ungar.), Pavelhaus 2019. [70|140]

Burnicki, Ralf, *1962, lebt in Herford. Zuletzt: *Hoch lebe sie – die Anarchie. Anarchopoetry* (mit Findus), Edition AV 2014; *Der Sound von OWL* (mit Günter Specht), Edition Blackbox 2016. [111]

Buselmeier, Michael, *1938, lebt in Heidelberg. Zuletzt: *Dante deutsch*, Das Wunderhorn 2012; *Mein Bruder mein Tier*, Morio Verlag 2018. Mitherausgeber des *Jahrbuchs der Lyrik 1996/97.* [105]

Campbell, Paul-Henri, *1982, lebt in Großwallstadt am Main. Zuletzt: *nach den narkosen*, Das Wunderhorn 2017. [217]

Cojocaru, Mara-Daria, *1980, lebt in München und London. Zuletzt: *Anstelle einer Unterwerfung*, Schöffling & Co. 2016. [181]

Crauss, *1971, lebt in Siegen. Zuletzt: *Die harte Seite des Himmels. Pilotengedichte*, Verlagshaus Berlin 2018; *Schundfaktor. Hybride & Destillate*, Verlag Dreiviertelhaus 2018. [61]

Cusanit, Kenah, *1979, lebt in Berlin. Zuletzt: *aus Papier*, hochroth Verlag 2014; *Chronographe Chorologien I.*, ebd. 2017. [33|37]

Detering, Heinrich, *1959, lebt in Göttingen. Zuletzt: *Wundertiere*, Wallstein 2015; *Untertauchen*, ebd. 2019. [101]

Domašcyna, Róža *1951, lebt in Bautzen. Zuletzt: *W času zeza časa,* Domowina-Verlag 2019; *stimmen aus der unterbühne,* poetenladen Verlag 2020. [205]

Dombrowski, Dominik, *1964, lebt in Bonn. Zuletzt: *Ich sage mir nichts,* edition AZUR 2019; *Fermaten*, ebd. 2016. [208]

Draesner, Ulrike, *1962, lebt in Berlin und Leipzig. Zuletzt: *subsong,* Luchterhand 2014; *Nibelungen. Heimsuchung,* Reclam 2016. [42]

Dreyer, Ruta, *2002, lebt in Göttingen und Hannover. [22]

Eisele, Raoul, *1991, lebt in Wien. Zuletzt: *morgen glätten wir träume*, Edition Yara 2017; *einmal hatten wir schwarze löcher gezählt*, Schiler & Mücke 2021. [15]

El-Choly, Hasune, *1983, lebt in Hamburg. Zuletzt: *Jetzt bleiben Fragmente (Mitlesebuch 144),* APHAIA Verlag 2018. [190]

Elze, Carl-Christian, *1974, lebt in Leipzig. Zuletzt: *langsames ermatten im labyrinth*, Verlagshaus Berlin 2019; *Poesiealbum 353*, Märkischer Verlag 2020. [183]

Engelhardt, Elke, *1966, lebt in Bielefeld. Zuletzt: *Bis der Schnee Gewicht hat,* Pop Verlag 2015; *Sansibar oder andere gebrochene Versprechen*, ELIF Verlag 2020. [162]

Erb, Elke, *1938, lebt in Berlin und Wuischke. Zuletzt: *Sonnenklar*, roughbooks 2015; *Gedichtverdacht*, ebd. 2019. Mitherausgeberin des *Jahrbuchs der Lyrik 1986.* [263]

Federici, Federico, *1974, lebt in Berlin. Zuletzt: *Dunkelwort*, LN 2019; *A private notebook of winds*, ebd. 2019. [25]

Fellner, Karin, *1970, lebt in München. Zuletzt: *Ohne Kosmonautenanzug*, parasitenpresse 2015; *eins: zum andern*, ebd. 2019. [14]

Flenker, Jürgen, *1964, lebt in Münster. Zuletzt: *das argument der kletterrosen*, Wiesenburg Verlag 2007. [62]

Franzobel, *1967, lebt in Wien. Zuletzt: *Lunapark. Vergnügungsgedichte*, Zsolnay 2001. [218]

Fuchs, David, *1981, lebt bei Linz/Österreich. [221]

Gabler, Claudia, *1970, lebt im Schwarzwald. Zuletzt: *Wohlstandshasen*, Horlemann 2015; *Vom Aufblühen in Vasen*, Verlagshaus Berlin 2021. [30|31|153]

Gahse, Zsuzsanna, *1946, lebt in der Schweiz. Zuletzt: *Siebenundsiebzig Geschwister*, Edition Korrespondenzen 2017; *Schon bald*, ebd. 2019. [64]

Geist, Sylvia, *1963, lebt in Flieth. Zuletzt: *Gordisches Paradies*, Hanser Berlin 2014; *Fremde Felle*, ebd. 2018. [125|127|219]

Gomringer, Nora, *1980, lebt in Bamberg. Zuletzt: *Moden*, Voland & Quist 2017; *Gottesanbieterin*, ebd. 2020; Mitherausgeberin des *Jahrbuchs der Lyrik 2015*. [88]

Göritz, Matthias, *1969, lebt in St. Louis. Zuletzt: *Pools*, Berlin Verlag 2006; *Tools*, ebd. 2011. [150]

Görlach, Axel, *1966, lebt in Nürnberg. Zuletzt: *lichtstill*, edition art science 2015; *weil es keinen grund gibt für grund*, edition keiper 2021. [26]

Gosmann, Uta, *1973, lebt in New Haven/USA. Veröffentlichungen in Zeitschriften. [226]

Gräf, Dieter M., *1960, lebt in Berlin. Zuletzt: *Buch Vier*, Frankfurter Verlagsanstalt 2008; *Falsches Rot*, Brueterich Press 2018. [160]

Grinberg, Julia, 1970, lebt in Hochheim am Main. Zuletzt: *kill-you-darlinge*, gutleut verlag 2019. [79]

Grünbein, Durs, *1962, lebt in Berlin. Zuletzt: *Cyrano oder Die Rückkehr vom Mond*, Suhrkamp 2014; *Zündkerzen*, ebd. 2017. [152]

Gugić, Sandra, *1976, lebt in Berlin. Zuletzt: *Protokolle der Gegenwart*, Verlagshaus Berlin 2019. [90]

Gumz, Alexander, *1974, lebt in Berlin. Zuletzt: *verschwörungscartoons*, parasitenpresse 2015; *barbaren erwarten*, kookbooks 2018. [154]

Gutiérrez-Wienken, Geraldine, *1966, lebt in Heidelberg. Zuletzt: *Castañas de confianza*, Eclepsidra 2013; *El silencio es una bailarina*, El Taller Blanco 2020. [119|122|198]

Haerter, Friederike, *1989, lebt in Paris. Veröffentlichungen in Zeitschriften und Anthologien. [77]

Happel, Wilfried, *1965, lebt in Berlin. [78]

Heller, Dorina Marlen, *1995, lebt in Wien und Oxford. Veröffentlichungen in Anthologien. [225]

Helminger, Guy, *1963, lebt in Köln. Zuletzt: *Nördlich der Ferne*, Redfox Press 2017; *Die Tagebücher der Tannen*, Edition Rugerup 2018. [174]

Hennemann, Judith, *1975, lebt in Frankfurt am Main. Zuletzt: *Bauplan für etwas anderes*, axel dielmann verlag 2017; *All die goldenen Hunde*, ebd. 2019. [212]

Hensel, Kerstin, *1961, lebt in Berlin. Zuletzt: *Schleuderfigur*, Luchterhand 2016. [193]

Hetzer, Anna, *1986, lebt in Berlin. Zuletzt: *Stempelkissenbuch*, Sukultur 2017; *Kippbilder*, Verlagshaus Berlin 2019. [67]

Heuer, Stefan, *1971, lebt in Burgdorf/Hannover. Zuletzt: *herzstück*, Verlagshaus Berlin 2016; *asche in den wunden* (Lyrik-Dialog mit Urs Böke), Ratriot Medien 2018. [92]

Heuser, Andrea, *1972, lebt in München. Zuletzt: *vor dem verschwinden*, onomato Verlag 2008. [66]

Holland, Tim, *1987, lebt in Berlin. Zuletzt: *vom wuchern*, gutleut verlag 2016. [187]

Hulpe, Marius, *1982, lebt in Berlin. Zuletzt: *Süße elektrische Nacht*, Edition Haus Nottbeck 2014. [170]

Hummelt, Norbert, *1962, lebt in Berlin. Zuletzt: *Fegefeuer*, Luchterhand 2016, *Sonnengesang*, ebd. 2020. Mitherausgeber des *Jahrbuchs der Lyrik 2006*. [130]

Hünger, Nancy, *1981, lebt in Gotha. Zuletzt: *Ein wenig Musik zum Abschied wäre trotzdem nett*, edition AZUR 2017; *4 Uhr kommt der Hund*, ebd. 2020. [171]

Hutt, Andreas, *1967, lebt in Marburg/ Lahn. Zuletzt: *Transitzonen*, Edition FZA 2019. [169]

Jaud, Carmen, *1955, lebt in Augsburg. Veröffentlichungen in Zeitschriften und Anthologien. [45]

Jurjew, Daniel, *1988, lebt in Frankfurt am Main. [138]

Kampmann, Anja, *1983, lebt in Leipzig. Zuletzt: *Proben von Stein und Licht*, Hanser 2016; *Der Hund ist immer hungrig*, ebd. 2021. [11|12]

Kempf, Markus, *1973, lebt in Hamburg. [178]

Klein, Christian T., *1961, lebt in Wien. [24]

Kloos, Barbara Maria, *1958, lebt in Köln. Zuletzt: *Fossile Infanten*, poetenladen Verlag 2017; *Amorette am Schleifstein. Liebesgedichte 1980–2020*, Edition Hammer + Veilchen 2020. [191]

Koepsell, Kornelia, *1955, lebt in Höchberg (Würzburg) und Berlin. Zuletzt: *Epiphanien*, Königshausen und Neumann 2019; *Die Mundharmonika*, Edition Faust 2020. [29]

Kokot, Sascha, *1982, lebt in Leipzig. Zuletzt: *RODUNG*, edition AZUR 2013; *FERNER*, ebd. 2017. [13]

Krämer, Thorsten, *1971, lebt in Wuppertal. Zuletzt: *The Democratic Forest*, Brueterich Press 2016; *Schwankungen der Füllhöhe. Gedichte 1995–2018*, ELIF Verlag 2020. [142]

Krause, David, *1988, lebt in Kerpen-Sindorf bei Köln. Zuletzt: *Die Umschreibung des Flusses*, poetenladen Verlag 2016. [56]

Krechel, Ursula, *1947, lebt in Berlin. Zuletzt: *Die da*, Jung und Jung 2015; *Beileibe und zumute*, ebd. 2021. Mitherausgeberin des *Jahrbuchs der Lyrik 1985*. [46]

Kreipe, Birgit, *1964, lebt in Berlin. Zuletzt: *schönheitsfarm*, Verlagshaus J. Frank 2012; *SOMA*, kookbooks 2016. [39]

Krömer, Philip, *1988, lebt in Erlangen. Zuletzt: *Ymir oder Aus der Hirnschale der Himmel*, homunculus verlag 2016; *Ein Vogel ist er nicht*, Topalian & Milani 2019. [107]

Krüger, Michael, *1943, lebt in München. Zuletzt: *Mein Europa*, Haymon 2019; *Nach dem Gewitter die Mücken*, Hirmer 2020. Mitherausgeber des *Jahrbuchs der Lyrik 2004*. [50|72]

Kuhlbrodt, Jan, *1966, lebt in Leipzig. Zuletzt: *Kaiseralbum. Choräle und Kantaten*, Verlagshaus Berlin 2015; *Die Rückkehr der Tiere*, ebd. 2020. [179]

Kuhligk, Björn, *1975, lebt in Berlin. Zuletzt: *Die Stille zwischen null und eins*, Hanser Berlin 2013; *Die Sprache von Gibraltar*, ebd. 2016. [93]

Kühn, Johannes, *1934, lebt in Tholey/Hasborn. Zuletzt: *Und hab am Gras mein Leben gemessen*, Hanser 2014. [16]

Kusters, Wiel, *1947, lebt in Maastricht. Zuletzt: *De witte helm*, Cossee 2018; *Zonder palet*, ebd. 2020. [163]

Lafleur, Stan, *1968, lebt in Köln. Zuletzt: *Mini Welt*, Edition Virgines 2017; *Am Rande der Wahrscheinlichkeit von Mexiko*, parasitenpresse 2019. [58]

Lewejohann, Sünje, *1972, lebt in Berlin. Zuletzt: *in den hirschen*, Connewitzer Verlagsbuchhandlung 2013; *die idiotische wucht deiner wimpern*, parasitenpresse 2020. [43]

Marquardt, Tristan, *1987, lebt in München. Zuletzt: *scrollen in tiefsee*, kookbooks 2018. [202]

Martin, Marie T., *1982, lebt in Freiburg. Zuletzt: *Wisperzimmer*, poetenladen Verlag 2013; *Rückruf*, ebd. 2020. [60]

Martynova, Olga, *1962, lebt in Frankfurt am Main. Zuletzt: *In der Zugluft Europas*, Das Wunderhorn 2009; *Von Tschwirik und Tschwirka*, Literaturverlag Droschl 2012. [108]

Mauritz, Hartwig, *1964, lebt in Vaals/Niederlande. Zuletzt: *wälder kommen auf uns zu*, Rimbaud 2017; *zentralgestirn*, ebd. 2020. [227]

Mpei, Elena, *1978, lebt in Athen. Veröffentlichungen in Zeitschriften und Anthologien. [228]

Neuert, Marcus, *1963, lebt in Minden/Westfalen. Zuletzt: *Abendlandkonserve*, Verlag Videel 2005; *Irrfahrtenbuch*, Free Pen Verlag 2015. [159]

Niemela, Kathrin, *1973, lebt in Passau. Veröffentlichungen in Zeitschriften und Anthologien. [104]

Oberländer, Harry, *1950, lebt in Bad Karlshafen. Zuletzt: *chronos krumlov*, Edition Faust 2013. [106]

Oliver, José F. A., *1961, lebt in Hausach. Zuletzt: *wundgewähr*, Matthes & Seitz 2018. [136]

Opitz, Hellmuth, *1959, lebt in Bielefeld. Zuletzt: *Die Dunkelheit knistert wie Kandis*, Pendragon 2011; *In diesen leuchtenden Bernsteinmomenten*, ebd. 2017. [98]

Petersdorff, Dirk von, *1966, lebt in Jena. Zuletzt: *Nimm den langen Weg nach Haus*, C.H.Beck 2010; *Sirenenpop*, ebd. 2014. [189]

Rakusa, Ilma, *1946, lebt in Zürich. Zuletzt: *Impressum: Langsames Licht*, Literaturverlag Droschl 2016; *Mein Alphabet*, ebd. 2019. [94]

Rautenberg, Arne, *1967, lebt in Kiel. Zuletzt: *permafrost*, Das Wunderhorn 2019, *vier kerzen drei könige zwei augen ein stern*, Peter Hammer Verlag 2019. [113]

Reimert, Karla, *1972, lebt in Berlin. Zuletzt: *Picknick mit schwarzen Bienen*, kookbooks 2014; *Camp Zenith*, ebd. 2020. [172|188]

Reißer, Johann, *1979, lebt in Berlin. [210]

Reyer, Lars, *1977, lebt in Leipzig. Zuletzt: *Der lange Fußmarsch durch die Stadt der Nacht*, Lyrikedition 2000 2006; *Magische Maschinen*, Schöffling & Co. 2013. [36]

Rinck, Monika, *1969, lebt in Berlin. Zuletzt: *Alle Türen*, kookbooks 2019. [48|49]

Roloff, Marcus, *1973, lebt in Frankfurt am Main. Zuletzt: *reinzeichnung*, Das Wunderhorn 2015; *gespräch mit dem horizont*, Stadtlichter Presse 2021. [122]

Rüter, Lara, *1990, lebt in Leipzig. [51]

Sandig, Ulrike Almut, * 1979, lebt in Berlin. Zuletzt: *Dickicht*, Schöffling & Co. 2011; *ich bin ein Feld voller Raps verstecke die Rehe und leuchte wie dreizehn Ölgemälde übereinandergelegt*, ebd. 2016; Mitherausgeberin des *Jahrbuchs der Lyrik 2017*. [44|83]

Sanjosé, Àxel, *1960, lebt in München. Zuletzt: *Gelegentlich Krähen*, Landpresse 2004 (Neuaufl. Rimbaud 2015); *Anaptyxis*, Rimbaud 2013. [57]

Sartorius, Joachim, *1946, lebt in Berlin und Syrakus. Zuletzt: *Für nichts und wieder alles*, Kiepenheuer & Witsch 1996; *Der Schwan lässt sich in die Geliebte los. Wie Gedichte die Liebe erforschen*, Moloko Print 2019. Mitherausgeber des *Jahrbuchs der Lyrik 1995/96*. [73]

Sayer, Walle (Walter-Hermann), *1960, lebt in Horb am Neckar. Zuletzt: *Mitbringsel*, Klöpfer-Narr Verlag 2019; *Nichts, nur*, Kröner Verlag 2021. [85]

Scharbert, Simone, *1974, lebt in Erftstadt. Zuletzt: *erzähl mir vom atmen*, Raniser Debüt 2017; *du, alice*, edition AZUR 2019. [91]

Scheffler, Rike, *1985, lebt in Berlin. Zuletzt: *der rest ist resonanz*, kookbooks 2014. [9]

Schmidt, Iris Lilja, *1967, lebt in Düsseldorf und Hamm. [168]

Schneider, Emanuel, *1995, lebt in Köln. [195]

Schultens, Katharina, *1980, lebt in Berlin. Zuletzt: *gorgos portfolio*, kookbooks 2014; *untoter schwan*, ebd. 2017. [175]

Schulz, Tom, *1970, lebt in Berlin und Italien. Zuletzt: *Reisewarnung für Länder Meere Eisberge*, Hanser Berlin 2019. [211]

Seiler, Lutz, *1963, lebt in Wilhelmshort. Zuletzt: *vierzig kilometer nacht*, Suhrkamp 2003; *im felderlatein* ebd. 2010. Mitherausgeber des *Jahrbuchs der Lyrik 2003*. [180]

Sessner, Max, *1959, lebt in Augsburg. Zuletzt: *Warum gerade heute*, Literaturverlag Droschl 2012; *Das Wasser von gestern*, edition AZUR 2019. [135]

Sombray, Judith, *1979, lebt in Hamburg. Zuletzt: *Nähekurs*, Horlemann 2011. [141]

Stolterfoht, Ulf, *1963, lebt in Berlin. Zuletzt: *fachsprachen XXXVII–XLV*, kookbooks 2018. Mitherausgeber des *Jahrbuchs der Lyrik 2008*. [156]

Stolz, Rainer, *1966, lebt in Berlin. Zuletzt: *Selbstporträt mit Chefkalender*, Horlemann 2014; *Mitlesebuch Nr. 137*, APHAIA Verlag 2016. [76]

Struzyk, Brigitte, *1946, lebt in Berlin. Zuletzt: *so gesagt*, Corvinus Presse 2018; *was immer*, ebd. 2019. [149]

Thill, Hans, *1954, lebt in Heidelberg. Zuletzt: *Ratgeber für Zeugleute*, Brueterich Press 2015; *Der heisere Anarchimedes*, poetenladen Verlag 2020. [120|224]

Trautsch, Asmus, *1976, lebt in Berlin. Zuletzt: *Treibbojen*, Verlagshaus Frank 2010; *Caird*, Verlagshaus Berlin 2021. [146]

Tričković, Verica, *1961, lebt in Isernhagen bei Hannover. Zuletzt: *Als rettete mich das Wort*, Leipziger Literaturverlag 2011; *Im Steinwald*, ebd. 2016. [176]

Trompeter, Julia, *1980, lebt in Berlin. Zuletzt: *Zum Begreifen nah*, Schöffling & Co. 2016. [23]

Unger, Sebastian, *1978, lebt in Berlin. Zuletzt: *Die Tiere wissen noch nicht Bescheid*, Matthes & Seitz 2018. [182]

Unterweger, Andreas, *1978, lebt in Leibnitz. Zuletzt: *Poèmes*, La Traductière 2019. [18]

Vasik, Monika, *1960, lebt in Wien. Zuletzt: *himmelhalb*, Verlagshaus Hernals 2015; *hochgestimmt*, ELIF Verlag 2019. [110]

Verse, Marie Lucienne, *1994, lebt in Leipzig. [220]

Vogel, Mikael, *1975, lebt in Berlin. Zuletzt: *Dodos auf der Flucht. Requiem für ein verlorenes Bestiarium*, Verlagshaus Berlin 2018; *zum Bleiben, wie zum Wandern – Hölderlin, theurer Freund* (mit José F. A. Oliver), Schiler & Mücke 2020. [86]

Voß, Florian, *1970, lebt in Berlin. Zuletzt: *In Flip-Flops nach Armageddon*, Verlagshaus Berlin 2013. [96]

Wagner, Jan, *1971, lebt in Berlin. Zuletzt: *Selbstporträt mit Bienenschwarm. Ausgewählte Gedichte*, Hanser 2015; *Die Live Butterfly Show*, ebd. 2018. Mitherausgeber des *Jahrbuchs der Lyrik 2013*. [35|55]

Wahode, Lea, *1997, lebt in Münster. Veröffentlichungen in Zeitschriften und Anthologien. [206]

Weber, Martina, *1966, lebt in Frankfurt am Main. Zuletzt: *erinnerungen an einen rohstoff*, poetenladen Verlag 2013; *Häuser, komplett aus Licht*, ebd. 2019. [119|124|129|134]

Wenig, Mirko, *1977, lebt in Leipzig. [148]

Wenzel, Christoph, *1979, lebt in Aachen. Zuletzt: *weg vom fenster*, Edition Haus Nottbeck 2012; *lidschluss*, Edition Korrespondenzen 2015. [34|38]

Wichner, Ernest, *1952, lebt in Berlin. Zuletzt: *bin ganz wie aufgesperrt*, Das Wunderhorn 2010; *Neuschnee und Ovomaltine*, hochroth Berlin 2010. [17|118]

Wildenhain, Michael, *1958, lebt in Berlin. *Die schönen scharfen Zähne der Koralle*, Edition Villa Concordia/Verlag Der fränkische Tag 2007; *Wie es war*, Edition Poema/Ralf Liebe Verlag 2011. [192]

Wißkirchen Christa, *1945, lebt in Augsburg. Zuletzt: *Nach der Flut*, Edition Faust 2016. [63]

Wolf, Uljana, *1979, lebt in Berlin und New York. Zuletzt: *meine schönste lengevitch*, kookbooks 2013; Eugeniusz Tkaczyszyn-Dycki: *norwids geliebte*, aus dem Polnischen von Michael Zgodzay und Uljana Wolf, Edition Korrespondenzen 2019. Mitherausgeberin des *Jahrbuchs der Lyrik 2009*. [128|222]

Zemla, Peter, *1964, lebt in Bayreuth. Veröffentlichungen in Zeitschriften und Anthologien. [68]

QUELLEN

S. 33 und S. 37
Aus dem Zyklus »29 Handreichungen, mit Percy Bysshe Shelley«.

S. 35
Motto entnommen aus: Paul Valery, *Cahiers/Hefte 5. Eros – Bios – Mathematik – Wissenschaft – Geschichte und Politik – Unterricht*, in der Übersetzung von Reinhard Huschke, Hartmut Köhler und Jürgen Schmidt-Radefeldt © S. Fischer Verlag GmbH, Frankfurt am Main.

S. 61
Auguste Kronheim, mein irisches bilderbuch #6 (1966), AK 42.

S. 91
Grundlage der Collage entnommen aus: AEG *Küchenmaschine. Schnelle Küche*, 1974.

S. 108
Motto entnommen aus: Jean Améry, *Jenseits von Schuld und Sühne. Bewältigungsversuche eines Überwältigten*, Klett-Cotta, Stuttgart 2019.

S. 117
Elías Knörr, *1981, lebt in Reykjavík.
»IN DIE SAMTIGE WINDSTILLE«, aus: *Sjóarinn með morgunhestana undir kjólnum*, Stella 2010.

S. 118
Dana Ranga, *1964, lebt in Berlin.
»Într-un acvariu« (»In einem Aquarium«), aus: *Stop – din pauzele lui Sisif*, Limes 2005.

S. 119
Erika Martínez, *1979, lebt in Granada.
«La casa encima« (»Das Haus über mir«), aus: *El falso techo*, Pre-Textos, Valencia 2013.

S. 120 f.
Edward Kamau Brathwaite (1930–2020), karibischer Dichter, Schriftsteller und Mitbegründer des Caribbean Artists Movement (CAM).
»Bermudas«, aus: *Born to Slow Horses* © 2005 Kamau Brathwaite und abgedruckt mit freundlicher Genehmigung von Wesleyen University Press, Middletown Connecticut.

S. 122 f.
Adalber Salas Hernández, *1987, lebt in New York.
»IV«, aus: *Salvoconducto*, Pre-Textos, Valencia 2015.

S. 124
W. S. Merwin (1927–2019), US-amerikanischer Schriftsteller und Übersetzer.
»The inevitable lightness« (»Das unvermeidliche Leichtsein«), aus: *The Rain in the Trees*, Alfred A. Knopf, New York 1988.

S. 125–127
Charl-Pierre Naudé, *1958, lebt in Johannesburg.
»Tydens onluste« (»Zur Zeit der Aufstände«), aus: *Die nomadiese oomblik*, Tafelberg Uitgewers, Kaapstad 1995.
»Kontinu/diskontinu« (»Dauer/Unterbrechung«), aus: *Al die lieflike dade*, Tafelberg Uitgewers, Kaapstad 2014.

S. 128
Eugene Ostashevsky, *1968, lebt in Berlin und New York.
»16.«, aus dem Zyklus *The Feeling Sonnets*. Erschienen in: *Pocket Samovar Nr. 1*.

S. 129
Richard Siken, *1967, lebt in Tucson.
»Scheherazade«, aus: *Crush*, Yale University Press, New Haven & London 2005.

S. 130
T. S. Eliot (1888–1965), amerikanisch-britischer Lyriker, Dramatiker und Kritiker.
»La Figlia che Piange«, aus: *Collected Poems 1909–1962*, Harcourt Brace & Company, New York/San Diego/London 1991.

S. 134
Ben Lerner, *1979, lebt in New York.
»THE SUN SETS IN A WEAK SENSE«, aus: *Angle of Yaw*, Copper Canyon Press, Port Townsend 2006.

S. 218
Aus dem Zyklus »Heldenchor-Lieder«.

S. 222
Motto entnommen aus: Ilse Aichinger, *Schlechte Wörter*. © 1991 S. Fischer Verlag GmbH, Frankfurt am Main.

AUSFÜHRLICHES INHALTSVERZEICHNIS

5. Kapitel
die kanne von balzac

6. Kapitel
Ich sang sanguinisch, vollblütig. Sang singulär, ohne Salär.

7. Kapitel
Ansaugen und Rausblasen

8. Kapitel
als wäre ich Warholmaoist

9. Kapitel
Mir geht die Flugsalbe aus

10. Kapitel
und dann lässt sie los

11. Kapitel
in die Nachtöffnung

ELKE ERB

***

Oh du, beides
in dir
Pferd
und
Reiter
Himmel und Wald

Jetzt aber dunkle Nacht hier
und kein Sterbens-Wörtchen.
Danke!

23.4.2020, 1:38